KB075805

김미래

대학에서 문학을 공부한 후 2010년 문학교과서 만드는 일로
경력을 시작했고, 해외문학 전집을 꾸리는 팀에서 일하면서
새로운 총서를 기획해 선보였다. 책을 둘러싼 색다른 환경을
탐험하고 싶어져 크라우드펀딩 플랫폼의 출판 분야에서
매니저로 지냈고, 현재 다양한 교실에서 글쓰기와 출판을 가르친다.
출판사뿐만 아니라 출판사 아닌 곳에서도 교정·교열을 본다.
편집자는 일정한 방침 아래 여러 재료를 모아 책을 만드는 사람이다.
다만 방침을 만들고 따르는 일에 힘쓰면서도, 방침으로 포섭되지
않는 것의 생명력을 소홀히 여기지 않으려고 한다.
직접 레이블(쪽프레스)을 만들어 한 쪽도 책이 될 수 있음을
보여 주는 낱장책을 소개한 것도, 스펙트럼오브젝트에 소속되어
창작 활동을 지속해 온 것도 그러한 노력의 일환이다.
창작자, 기획자, 교육자 등 복수의 정체성을 경유하면서도
이 모든 것은 편집이므로 스스로를 한 우물 파는 사람이라 자부한다.

편집의 말들

편집의 말들

미지의 길을 개척하는 편집자의 모험

김미래 지음

【일러두기】
인용문의 출처에는 판권면에 편집자가 명시된 경우 이름을 밝혔습니다.

들어가는 말
이것을 지위라고 부를 수 있다면

한 나그네가 있었습니다. 이 사람은 나그네라는 이름에 걸맞게 오래 떠돌았습니다. 떠도는 것이 자신의 정체가 될 만큼. 아름다운 강산만큼이나 황폐한 들과 언덕을 걸었고 선량한 이들만큼이나 약삭빠른 치들을 겪었습니다. 이 여정을 어디서 시작했는지, 가족은 누구고 어떤 집에서 나고 자랐는지, 어째서인지 그는 아무것도 떠올릴 수 없었습니다. 누군가를 처음 만나도 들려줄 내력이 없는 재미없는 인간이 된 모양이었습니다. 새로운 곳에 도착해도 낯설어하는 것 빼고는, 나그네는 별달리 할 일이 없었습니다.

아주 오래 떠돈 나그네는, 문득 이 넓은 세계에 정말로 저 혼자라는 사실이 사무쳤습니다. 아직 가지 못한 땅과 만나지 못한 사람이 한참 남았지만, 그 세계 역시 자신의 것일 리 없게 느껴졌습니다. 언제부터 나그네였는지도 모를 만큼 오래된 나그네에게는 나그네라는 자신의 지위 빼고는 정말 아무것도 없었습니다. 이것을 지위라고 부를 수 있다면.

한번 그런 생각이 드니 나그네의 가슴은 걷잡을 수 없이 적적했고 그의 발은 동력을 잃었습니다. 이윽고 나그네는 발길을 멈추었습니다. 하지만 나그네는 여전히 떠돌고 있는 셈이었습니다. 고향에서 멀어졌다는 것만이 확실하고 고향에 도착할 방도는 없었기 때문입니다. 나그네의 지위는 언제까지나 굳건했습니다. 이것을 지위라고 부를 수 있다면.

책에 실릴 글을 오랜 시간 힘들여 쓰다가 마무리할 무렵 이 나그네의 이야기가 떠올랐습니다. 왜 그런 장면에 사로잡혔는지는 잘 모르겠습니다. 이상하고 인상적인 꿈을 꾼 아침처럼 비몽사몽인 채로 그 의미를 가늠해 볼 뿐. 10년 조금 넘는 시간 동안 두 자릿수의 책을 편집했고 가지고 있는 것보다 없는 것이 많습니다. 팔리고 있는 것만큼이나 절판된 것이 많습니다. 저·역자라면 책이 절판되어도 작품이 사라지는 일은 없을 텐데 편집자에게는 자기가 관여한 책을 잃는 일이 왕왕 일어납니다. 그가 만든 것은 생각이 아니라 물건이기 때문에. 그를 증명하려면 증거가 동원되어야 하는 법입니다. 만일 다수의 증거가 인멸된 후라면 그는 필시 허탈감에 시달리지 않을까요. 그런 감상적인 걱정에서 이 이야기가 태어났는지도 모릅니다.

그러나 『편집의 말들』은 아이러니하게도 편집자라는 제 지위를 굳건하게 해 줄 것 같습니다. 제가 편집한 모든 책이 사라져도, 제가 편집에 관하여 생각하고 그 생각을 글로 옮겼다는 사실만은 분명하게, 만져지지 않고 존재할 테지요. 그러니까 이 책은 제가 처음으로 편집자가 아니라 저자로서 관여한 책이지만, 바로 그러한 사실 때문에 그 어떤 책보다 확실하게 저의 편집자 정체를 보증합니다. 어쩌면 나그네의 여기저기 튀어나온 핏줄에 그가 밟아 온 산맥과 물길이, 새카맣게 그을린 피부에 그의 제1의 고향과 제2의, 제 몇의 고향의 햇볕이, 손발에 배긴 굳은살에 그가 만진 땅과 바위와 그가 매달린 절벽이 새겨져 있을 것과 마찬가지로.

나조차 언젠간 착각할 수 있기 때문에 남겨 둡니다. 편집자가 만드는 것은 책의 무늬만이 아닙니다. 한 사람(이 책의 경우에는 저일 텐데)으로 하여금 생각하게 하고 그 생각을 글로 옮기게 만든 것부터가 편집자입니다. 이 책을 읽는 당신의 머릿속에 문득 어떤 구체적인 생각이 태어나고 그 태어난 생각을 글로 옮기고 싶어졌다면, 망설이지 말고 감행해 주세요. 그렇게 우리는 새로운 방식으로 또 한 번 편집자가 될 테니까요.

아직도 나와 이야기하고 싶은 주제가 여럿 남아
있으니 뉴욕 시로 돌아가서 우리의 대화를 계속
해 마무리하는 게 어떠냐고 물었다.

수전 손택·조너선 콧 지음, 김선형 옮김, 『수전 손택의 말』
(마음산책, 2015), 18쪽

001

6월 중순의 어느 햇살 맑은 날 파리 16구에 자리한 수전의 아파트에 도착한다. 각자 거실의 소파 한 개씩을 차지하고 앉는다. 둘 사이에는 낮은 테이블이 놓여 있고, 그 위에는 작은 녹음기가 꺼내져 있다. 나는 질문을 던지고, 그녀는 '명료하고 권위적이고 직접적인' 답변을 들려준다. 나는 경청한다. 경청하면서 다른 것들도 생각한다. 『파리 리뷰』의 릴리언 헬먼만큼 명료하고 권위적이고 직접적인 말투를 갖출 때까지 인터뷰는 일절 하지 않겠다는 다짐을, 수전은 13년 전 일기에 써 둔 적이 있다. 그 일기의 존재를 나는 안다. 에디터는 작가를 조사하는 사람이기 때문이다. 조사하여 알고 있는 것이다.

그리하여 나는 지금 맞은편 소파에 앉은 사람만 보는 것이 아니라 13년 전의 그 사람도 같이 본다. 그 사람을 직접 만난 적은 없지만, 어쩌면 그 사람을 충분히 잘 안다. 왜냐하면 그 사람 역시 글을 쓰는 사람이고, 나는 그를 글로 배워 알기 때문이다.

끊어지는 문장 하나로가 아니라 정연하고 여유로운 단락 단위로 답변하는 사람을 편집자는 경이롭게 바라본다. 그간 나는 여럿을 인터뷰하고 보조해 왔지만, 이 사람은 그들과 참 다르다고 느낀다. 만일 13년 전에 우리가 만났다면 이 사람 역시 예외가 아니었을 테지만, 13년 전에 이 사람은 인터뷰를 일절 거부했기에 그런 일은 생기지 않았다. 인터뷰이는 때로 자신의 발언을 괄호로 묶고, 때로 '가끔' '간혹' '대개' '대체로' '거의 모든 경우에'라는 수식어를 덧붙여서 제 의도를 미세하게 조정해 간다, 마치 편집자처럼. 그녀의 말을 경청하면서, 또 어떤 면에서는 한 귀로 흘려들으면서 나는 ivresse du discours(말에 취한다)라는 프랑스 구문의 의미를 안다. 이번에는 조사하여 아는 것이 아니다.

반장들 중에서도 최고참이었던 매그레는 모든 업무를 떠맡지 않을 수 없었다。 그 찌는 더위 속에서、 휴가철이라 최소한으로 줄어들어 있는 인원을 데리고 말이다。

조르주 심농 지음, 임호경 옮김, 『갈레 씨, 홀로 죽다』
(열린책들, 2011), 8쪽

주인공은 몸을 굽혀 바닥에 꽂힌 '단검'을 뽑아내서는, 방 안을 '뚜벅뚜벅' 거닌다. 주인공은 '벽난로' 위의 사진에 날카로운 시선을 던진다. 그는 잠깐 오시라고 '또랑또랑' 외친다. 그 소리에 '담벼락' 위의 잎사귀들이 '파르르' 흔들리는 것만 같다. 외침에 '성주城主'도 움찔한다. 들킨 듯 성주의 당황한 기색이 '역력'하다. 성주는 '철책 문'으로 돌아 주인공을 만나러 온다. 성주의 열쇠가 구멍을 못 찾는 소리가 한동안 이어지더니 삐걱 '돌쩌귀' 도는 소리가 난다. 성주는 들어와서는 주인공 눈이 '스라소니'처럼 예리하다고 말한다. 주인공은 그 말을 들으며 '담뱃잎'을 '콩알'만큼 집어넣고는 엄지 끝으로 '여남은 번' 꾹꾹 누른다. 그러다 탁자 '귀퉁이'에 엉덩이를 걸치고 성주가 내미는 라이터 불에 파이프 머리를 댄다. 문득 성주가 왼손잡이라는 사실을 발견한다. "미안하지만, 창문 좀 닫아 주시겠'소'?" 창문에 이른 성주는 잠시 멈추었다가 '이윽고' 오른손을 써서 어색하게 창문 자물쇠를 돌린다.

한 평론가는 문학이 무용해서 좋다고 했다. 무용해서 유용하다고 했다. 검의 길이, 아궁이와 굴뚝의 구조, 발자국의 소리와 모양, 소리의 밝기와 분명하기, 벼랑과 벼락, 떨림의 소리와 모양, 문짝, 문설주, 돌쩌귀…… 이런 것들을 찾다가 궁금해진 것이다. 오늘 아침 내가 식구들과 식사를 하면서 이 낱말들을 써 볼 일이 있었는지. 이 손바닥만 한 세계와 이 손바닥을 제외한 세계의 언어는 어쩌다 이렇게 달라졌는지. 나의 모든 정신과, 일과, 이력과, 생활은 이 손바닥으로 가려지는 세계 안을 탐험하는 데 다 바쳐지고도 한참 부족하기만 한데……

처음에는 짧은 수입반 소개를 몇 편 써 보라는 제안이 돌아왔다. 한 편에 200자 정도라면 써 볼 만하겠다고 수락했다. 그러자 나메카타도 블루노트의 라이너노트를 부탁하고 싶다고 이야기를 꺼냈다. (……) 둘은 작가의 탄생이라며 즐거워하고 있었다.

오가와 다카오 지음, 방우현 옮김, 『블루노트 컬렉터를 위한 지침』
(김미래 편집, goat, 2021), 129쪽

어느 날 친구가 재즈 입문서를 내겠다며, 원서 계약까지 덜컥 마치고서, 『BLUE NOTE COLLECTOR'S GUIDE』(일서)를 내밀었다. 블루노트란 레이블은 ECM과 함께 여러 사람 입에 오르내리는 걸 봤지만, 익히 들었기에 겁났다. 게다가 이 책은 블루노트를 만드는 우당탕탕 창업 스토리도 존 콜트레인이나 마일스 데이비스의 쿨한 현대적 신화도 아닌, 1939년 시작된 블루노트의 모든 음반을 다 모은 극성스러운 컬렉터의 수기다. 엘리트적이거나 오타쿠적인, 결국은 편집하기 까다로운 세계일 게 분명했다.

예상대로 이 책에는 라벨에 프린트된 주소가 뉴욕인지 뉴저지인지 레코드에 깊은 홈이 있는지 재킷이 코팅은 되어 있는지 하는 쩨쩨한 논쟁이 가득하다. 그러고 보면 나도 '입안'은 붙이고 '입 밖'은 띄어 쓰는 우리말의 미시적인 세계에서 하루하루 헤엄치며 살아가고 있다. 가만, 내가 오탈자를 찾는다고 해서, 오탈자를 구하는 것일까? 그건 아니다. 그러니 레코드판에서 '그루브가드'니 '이어 심볼'이니 'RVG 각인'이니 이런저런 표식을 찾는 컬렉터라는 이들도 실은 표면이 아니라, 표면에 기록되었다가 표면을 넘어선 '소리'를 구하는 것일 터.

이 책을 쓴 오가와는 컴플리트 컬렉션을 달성하기까지 지하와 지상을 가리지 않고 중고 매장을 들락거렸고, 바다를 건너고, 언어를 배우고, 친구를 사귀고, 돈을 쓰고, 시간을 썼다. 재즈를 찾는 데 생을 할애한 거다. 그랬더니 이번엔 다른 이들이 그를 찾는다. 오리지널을 가려 달라고, 재킷을 빌려 달라고, 글을 써 달라고, 숍 가이드를 해 달라고. 이번엔 재즈가 그를 찾아왔다. 그가 찾은 것이 그를 찾았다는 이야기…… 드문 것은 아니지만, 나 역시 생의 어떤 국면에 접어들 때면 이 이야기를 찾게 될 것 같다.

이들은 생각했다…… 작품의 등장인물은 '가서'는 안 되고 '발을 내디뎌'야 하며, '말해서'는 안 되고 '입을 열어'야 하며, 그 어떤 경우에도 '외쳐서'는 안 되고 '탄성을 내질러'야 한다……!

.

아르카디 스트루가츠키·보리스 스트루가츠키 지음, 이보석 옮김,
『노변의 피크닉』(현대문학, 2017), 361쪽

인류와 우주 지성체 간의 접촉을 주제로 소설을 구상하던 형제에게 불쾌한 일이 닥쳐왔다. 작품을 보고 얼버무리면서 아무것도 정확히 말해 주지 않는 편집자를 보는 일, 판타지소설을 좋아한다는 제3자에게 작품을 비공식적으로 평가받은 일, 작품의 운명을 작가가 가장 늦게 알게 되는 일, 그렇다, 요약하자면 작가와 출판 지성체 간의 접촉에 따른 사건들이었다. 물론 이 불쾌한 사건들이 피크닉이 될 리는 만무했다. "미친놈들. 그것도 문학 하는 사람들이라고."라는 것이 그 당시 형제의 말이다.

종이도 없고 서랍이 계약서 파일로 꽉 차 있다는 이유를 대며 출간을 보류하는 치사한 방식으로 헤게모니를 휘두르는 출판사에 작가들은 울분과 고통을 느꼈다. 하지만 "문학 하는 사람들"이라는 비방. 이 표현에는 은밀한 자부심과 자연스러운 기대, 그에 따른 실망이 순서대로 자리를 잡는다. 장편소설은 출판사를 8년 동안 지겹게 표류했다.

그때의 "문학 하는 사람들"은 얼마 안 돼서 역사의 뒤안길로 사라졌고, 무언가를 허가하고 금지한다는 무소불위의 권한을 휘두르던 편집자를 기억하는 사람은 아무도 없게 됐다. 작가들은 소련이 붕괴된 뒤에야 겨우 원본대로 세상에 나온 판본의 후기에 적는다. "밤의 유령처럼 과거에 잠들라. 영원히……"라고, 조금은 치사하게.

언어는 몰개성적이며 장식적이어야 하고 그 어떤 경우에도 과격해서는 안 된다고, 현실과의 접점이 가시적이어서는 안 되고 공상적이어야 한다고, 독자는 꿈속에서 몽상에서 아름답고 흠결 없이 살아야 한다고, 편집자는 생각했다,고 작가는 생각했다. 편집'당한' 소설은 형제의 대표작으로, 20개국 38개 판본으로 읽혔지만, 첫 판본을 손에 쥐는 것은 형제에게 끝내 불쾌했다.

그런데 당신이 만약 이게 아니라고 말한다면,
난 점점 약해지지요.

앤 섹스턴 지음, 정은귀 옮김, 「시인이 분석가에게 말했다」,
『밤엔 더 용감하지』(민음사, 2020), 22쪽

005

앤 섹스턴이 쓴 이 시에서, 시인은 불안정하다. 말이 많지는 않지만, 한 진술은 다른 진술에 의해 번복되고, 그는 자신의 작업을 얕잡아보았다 높게 샀다 한다. 이 모든 양상은 그의 내면에서 일어나지만, 분석가라는 존재 덕에 우리의 이해는 어렵지 않다.

시인은 단어를 찾고, 한 단어에 이어질 다른 단어를 찾고, 그리하여 단어를 사물과 현상에 붙인다. 상표처럼. 혹은 벌 떼처럼. 노란 눈과 마른 날개에서 떨어져 나간 단어들이 다락에서 죽어 간 벌처럼 헤아려진다.

이 시에는 단둘만이 있다. 단어가 일인 사람에게는 단 하나의 당신이 있다. 그의 일은 당연하게도 시인이 찾아내고 엮은 단어들을 지켜보는 것이다. 시인은 어느 날 카지노 니켈머신을 찬미하는 글을 썼고, 행운의 화면 위로 터졌던 마법 같던 밤의 잭팟을 묘사했지만, 분석가에게는 이게 아니라고 말할 수 있는 권력이 있었다. 분석가가 이게 아니라고 말하고 나면, 시인은 점점 약해지는 수도 있다. 자신의 손이 얼마나 우습고 우스꽝스럽고 번잡하게 느껴졌는지를, 늘 잊으려 노력하는 시인이 완전히 패배해서, 생생하게 기억하게 되는 수도 있다.

단 하나가 아니라 단둘이 있는 세계의 틈을 벌려 본다. 둘이라는 최소 단위 안에는 둘 중 하나에 붙었다 둘 중 하나에서 떨어지기를 반복하는 또 하나의 불안정한 존재가 있다. 그 중간자는 "이게 아니"라고 말하는 뻔뻔함도 없고 "늘 잊어야만" 한다고 말하는 절박함도 없이, 단어를 제 일로 삼고 단어 지켜보는 것 역시 제 일로 삼고 의심 없이 살아간다. 그의 유일한 꿈은 마법의 잭팟을 거기 없었으면서도 보아 내는 것이며, 레버 당기는 우스꽝스러운 손을 제 것처럼 생각해 내어 간직하고, 다시는 잊지 않는 것이다.

네 마리의 들소가 가능하려면 그들을 구분하려 해서는 안 되며 동시에 그들 하나하나가 서로 같지 않게 만들어 주어야 한다。

.

드니 게디 지음, 김택 옮김, 『수의 세계』
(최가영·오지명 편집, 시공사, 1998), 15쪽

스물네 권의 기획도서, 열일곱 권의 교정도서 하는 식으로 편집 목록이란 것을 몇 년 전까지만 해도 누락 없게끔 정리했다. 최근은 하지 않았다. 어딘가에 이력을 일별할 수 있게 제시할 필요가 없어진 때문이기도 하다. 최초의 기록은 아마도 감상한 영화의 목록을 적는 것처럼 사적인 보고로서 태어났던 것 같다. 10대에는 본 영화와 읽은 도서를 적어도 제목이라도 적어 두어서, 같은 것을 다시 볼 때에는 다시 본다는 사실을 알면서 '새삼스럽게' 보는 일이 가능했었다. 그러다 제목조차, 감독조차, 번역가조차, 발행년조차, 발췌조차, 그 어떤 것도 적지 않게 되었을 때에는, 아주 많이 보았음에도 무엇을 보았는지 도통 기억나지 않아서 시네필이든 비블리오필이든 될 수 없어지고 말았다.

기록자의 정체를 뒷받침한다는 점에서 기록은 힘이 세다. 그러한 위력을 아무것도 아니던 나에게 떨치면서 무엇이든 될 수 있다는 식으로 나를 치켜세우고 북돋아 준 기록이 없어진 것은, 내가 무엇이든 되었기 때문일 거다. 편집자가 되고서, 무엇이 되게 해 주고 무엇으로서 있게 해 주는 힘보다, 무엇인지 잊게 해 주고 그럼으로써 무엇이 되어야 할 것을 새로이 준비시키는 '기록 없음'의 백지를 구한 결과인지도.

그리하여 사냥감을 세는 사냥꾼으로서 내가 관여한 책을 말끔하게 세던 시절이 지나고, 오늘은 도무지 사냥꾼과 멀어 보이는 나로 있는데, 이럴 때에는 세기를 포기하는 편이 낫다. 사냥감들이 실은 사냥감이 아니었음을 아는 편이 낫다. 책들은 뭉텅이로 있고, 그러나 그러면서도 흩어져 있고, 이런 때에 여기에는 어떤 놀라움도 공교로움도 없이, 자연만이 있다.

펫타의 코는 납작코다. 하지만 펫타는 자기 코가 아주 맘에 들었다. 왜냐하면 펫타의 코는 초콜릿 냄새와 튤립 냄새를 구별할 줄 알고, 엄마 냄새와 다른 집 엄마의 냄새를 구별해 낼 수 있었기 때문이다.

다니카와 슌타로 지음, 와다 마코토 그림, 박숙경 옮김,
『여기에서 어딘가로』(소년한길, 2013), 8쪽

글쓴이와 그린이, 옮긴이 소개가 존대어로 되어 있고, 결코 얇다고 볼 수 없는 책에 상당한 양의 그림과 그보다 더 수효가 많은 글자가 있는, 어린이책과 어른책의 중간쯤 되는 읽을거리를 손에 넣었다. 이 책의 첫 쪽(속표지부터 시작하면 엄밀히는 8쪽에 해당한다)을 읽고 아주 그리운 느낌이 났다가, 아리송했다가, 결국에는 명쾌해졌다.

그 인식 변화의 내막은 이렇다. 초등학교 저학년 성적표에 수기로 학생의 특질을 적는 난이 있었다. 나에 대한 최초의 주관식 평가는 이랬다. "이 어린이는 사계절의 뚜렷한 변화를 이해하고, 이를 설명해 낼 수 있습니다." 그 시점은 물론이고, 그 뒤로도 아주 오랫동안 도대체 어떤 시각에서 작성된 설명인지 의아했다. "화분에 물 주기를 잊지 않습니다"라면 성실함과 생명체에 대한 애정을, "학우들과 원만하게 지냅니다"라면 배려심과 사회성을 두드러진 성질로 꼽은 결과라 이해할 수 있다. 하지만 어째서 하필이면 이 어린이의 키워드는 사계절이 되고 만 것일까? 변화를 이해한다는 것이 어떻게 증명되었을까? 그리고 설명'해 낸다'는 말은 대체? 기후의 변화보다 자연의 항상성에 대한 지지가 그 학급에서는 우세했다는 것일까? 불가사의했다, 이렇게 적은 선생님의 눈과, 그의 눈에 비친 한 어린이가.

그런데 오늘에 이르러서야 성적표의 레이아웃을 넘어서서, 그저 한 이야기에 등장하는 인물로 읽게 된 거다! 여덟 살 어린이가 학교라는 조직에 등장하는 첫 장면이다. "사계절의 변화를 이해하는 한 어린이가 있었습니다. 그리고 그 변화를 그 친구가 저만 혼자 아는 비밀로 삼았다면, 이 이야기는 시작되지 않았을 겁니다."

이미지의 무거움을 없애 주는 것은 무관심이 아니라 사랑이고, 지극한 사랑이기 때문이다。

롤랑 바르트 지음, 김웅권 옮김, 『밝은 방』
(동문선, 2006), 26쪽

사진 찍히는 두려움을 다루면서 바르트는 찍는 사람이 어머니라면 괜찮을지도 모르겠다고 말한다. 이미지의 무거움, 대상이 되어 간다고 인식하는 주체의 두려움, 자신이 죽고 복제될 것을 알고 포즈를 취하는 모델의 고통을 없애거나 적어도 줄여 줄 수 있는 단 하나가 있다면 그것은 무관심이 아니라 사랑이라고. 이 말을 읽다가 나는 조금 놀란다.

내가 아홉 살 때 키우던 봉숭아는 내가 그 잎사귀를 매만지고 그것이 심긴 흙에 거름을 섞어 주고 그것이 담긴 화분의 겉면을 닦는 순간이 아니라, 내가 조별 활동을 하고 운동장에 나가 뛰놀고 특히나 내 방에서 잠잘 때 가장 마음 놓고 자란 줄로 믿었기에. 타이트한 재촉이 아니라 이따금 묻는 편집자의 안부가 작가를 건강하게 만든다고 생각했고, 그것은 안부가 영양가 있어서가 아니라 그러한 관심과 관심 사이에 지루하리만치 긴 무관심, 거의 인내까지도 요구하는 무관심이 놓여 있었기 때문이라고 줄곧 믿었기에. 나 역시 그러한 무관심의 바람이 부는 언덕에서 서 있거나 눕거나 제자리에서 점프하거나 춤춘다고 생각하면 마음 편했기에.

그러나 당신이 나를 찍기로 했고 나는 당신의 프레임에 담기기로 결정했다면, 어쩌면 이 사람의 말대로 우리에게는 더 이상 무관심이 아니라 사랑, 그것도 지극한 사랑이 필요한지도 모른다.

지도제작자협회는 제국의 크기와 똑같은 크기의 제국 지도、즉 제국과 정확히 일치하는 지도를 만들었다.

호르헤 루이스 보르헤스 지음, 우석균 옮김, 「과학의 엄밀함에 대하여」, 『작가』(민음사, 2021), 116쪽

뭇 편집자는 압축의 대가다. 즐기지 못하는 자도 대가의 반열에 오를 수 있다면. 우리들은 1000쪽의 단행본을 5쪽의 소개 자료(주로 언론사에 보내던 관행에서 보도자료라는 이름이 붙었다)로 압축하고, 뒤표지에는 단 두 줄의 문안을 넣어 당신을 유혹한다. 줄이는 것에 도가 텄어도 줄이기 싫은 저항감에 손과 머리를 내맡길 때도 있다. 그래서 우리들은 편집 업무에서 보도자료와 표문안 쓰기를 곧잘 미루곤 한다. 고백하건대 실물이 나오고 나서야 워드프로세서를 켠 일도 나에게는 있다.

반면에 정교하다 못해 일대일 크기가 된 지도의 존재를 떠올린 사람도 있다. 처음부터 그러한 크기를 자랑하게 하는 인프라가 있던 것은 물론 아니다. 너무도 완벽한 지도 제작법을 갖춘 어떤 제국이 기술을 개발하고 확장하던 끝에 맞은 임계점에서 일어난 사고였다. 그러나 후대는 거기 집착하지 않았고, 그 커다란 지도의 쓸모를 계승하지도 발견하지도 못했다. 태양과 겨울의 무자비함에 바래고 찢긴 일대일 크기의 지도. 그 토막토막은 이제 와 몇몇 부랑자와 동물의 서식지가 되었다.

김영하의 장편소설 『나는 나를 파괴할 권리가 있다』에는 여행안내 책자 읽기를 즐기는 서술자가 나온다. 그는 축약을 찬미하는 사람이다. "역사와 새로움, 문화와 문명 그 자체의 자기 인식인 파리가 이 세상에 존재하지 않았다면 우리 모두가 그것을 창조해 냈을 것이다"라는 식으로 안내서는 요약한다. 도시를 만약 한 제국으로 인도해 주는 단 하나의 지도를 만들어야 한다면 당신은 얼마만 한 크기로 만들 것인가?

노송나무는 재가 되어서도 살아 있습니다. 천년
이 지나도 대패질을 조금 해 보면 좋은 향기가
납니다.

니시오카 츠네카츠 지음, 「나무의 생명과 목수의 지혜」, 『녹색평론선집 3』
(김종철 엮음, 녹색평론사, 2009), 277쪽

나무를 사랑하는 것은 목수다. 목수가 아닌 사람도 나무를 사랑할 수 있다. 하지만 그 사랑은 아주 표면적이거나 아주 개념적인 것에 그치리라는 생각이 든다. 목수만큼 나무의 성질을 알아야 하는 사람도 없으며, 목수만큼 나무에게서 많이 받는 사람도 없다. 목수의 나무에 대한 감각은 절실하다. 그에게 밥을 주고 옷을 주고 집을 주고 그의 자식을 교육시키는 것은 모두 나무이니.

나무 베는 사람의 '사랑'에 대해 자주 생각하는 이유는 편집 역시 베는 일인 것 같아서다. 타고난 성질을 알고, 필요한 만큼 베고, 대패질을 하고, 일어나는 톱밥 사이로 희미하거나 강렬한 냄새를 맡고, 일부를 죽이면서 사랑한다고 깨닫는다. 『스밀라의 눈에 대한 감각』이라는 소설에는 눈에 대해 세부적이며 엄정한 감각을 지닌 스밀라란 여자가 나온다. 스밀라는 눈의 자취 너머로 한 소년의 죽음을 수사한다. 한 존재의 사정을 알고자 하는 결심이 스밀라를 움직이고 스밀라의 감각을 더 한층 정교하게 만든다. 알고자 하면 잊히지 않고, 잊히지 않는 것은 죽지 않은 셈이 된다. 그러므로 죽이는 사람의 각별한 사랑을 이해하는 것이 그다지 유별한 일은 아닐 것이다.

편집자는 언제나 옳다. (……) 글쓰기는 인간의
일이고 편집은 신의 일이다.

스티븐 킹 지음, 김진준 옮김, 『유혹하는 글쓰기』
(성화현 편집, 김영사, 2017), 14쪽

011

"세상에, 몇 번을 확인하고 인쇄소에 넘겼는데…… 오자가 떡하니 들어가 있는 거야."

편집자들이 몇 모이면 모순적인 맞춤법, 이번 분기에 개정된 눈에 띄는 용례, 최근에 마감한 책의 오류에 대한 토론이 벌어지기 십상이다. 하루는 아는 선배 하나가 말했다. 그 선배로 말할 것 같으면, 웬만한 저·역자 저리 가랄 만큼 문학에 대한 애정, 해박한 분야 지식, 착실한 생활력 등으로 타의 모범이 되는 편집자.

"세르반테스는 내가 편집했지만서도 정말 오탈자가 많더라. 깜짝 놀랐어. 왜, 그러지 않아? 빨려 들어갈 정도로 읽으면 오탈자 같은 건 눈에 보이지도 않잖아." 다른 선배가 맞장구쳤다. 이 선배로 말할 것 같으면, 노래방에서 흘러나오는 노래 가사 자막의 문법과 띄어쓰기 오류 때문에 도통 가창에 집중하지 못하는 타입으로 태진노래방 기준 최고 득점이 65점에 그친다. "맞아. 사실 우리 의식 밑바닥에는, 이렇게 위대한 문학, 절실한 감정과 철학의 정수가 주어진 이 상황에서, 구두점 따위에 신경 쓰는 자신에 대한 혐오가 깔려 있어. 그래서 쾌걸 조로처럼 일부러 표식을 남기는 거지. 의식에게 당해 보라고 말이야."

선배들의 대화를 듣고 있다가, 얼마 전에 타 출판사에 오탈자 제보를 넣은 일이 떠올랐다. '힙스터'를 인문학적으로 규명하는 흥미로운 페이퍼백에, 오자가 한 페이지에 한 개는 기본이라 그 자리에서 완독하며 만든 강아지 귀가 세 자릿수에 가까웠다. 출판사에 대한 애정으로 여든여섯 개의 오류 목록을 보냈다. 그러고 보니 책의 마력에 잠겨 있던 내가 제대로 된 메일을 썼을 리 만무한데. 보낸메일함에 들어 있던 것은 "독자 오탈자 제조합니다". 우리 모두는 신레델라를 신데렐라로 독해해 내는 고등지능 생물이다.

형용사는 존재의 걸쇠다。

앤 카슨 지음, 민승남 옮김, 『빨강의 자서전』
(임선영·김수현 편집, 한겨레출판, 2016), 8-9쪽

엄마 아빠 —

　의식이란 게 있었다고 기억될 때부터 나는 부모를 이 순서로 불렀다. '부모'라는 낱말조차 아버지가 먼저이니 함께 부른다면 나는 엄마를 먼저 부를 거야, 그러나 거의 동시일 거고, 두 분 모두를 부르는 말이 될 거야. 엄마 ㅏ ㅏ ㅏ빠 하고 부르자.

　부를 때도 문제가 되었는지는 모르겠다. 그러나 어쨌거나 수면 위로 떠오른 것은 글자다. 짧은 메모든 긴 글이든 두 분에게 편지를 쓸 때면, 본문 위의 공백보다도 위에, 그러니까 서간문이라고 하는 것의 가장 꼭대기에 "엄마 아빠"라고 적는 데는 예외가 없었고, 어느 날 아빠는 서운함을 표했다. 너는 한 번도 아빠를 먼저 부르는 법이 없네.

　현존하는 세상의 모든 아버지들, 나의 아버지보다 훨씬 앞서 존재한 바 있고 이제는 없는 아버지들이 모든 어머니보다 앞섰어도, 개별적인 나의 아빠는 항상 뒤처진 셈이다. 그러나 개별적인 나의 아빠는 서운할 필요가 없고, 오히려 벅차야 마땅하다.

　어린 시절 나는 성을 빼고 이름만으로 나를 부르는 이를 반색하지 않았다. 그런 이를 향해 고개 돌리지도 않았다. 그것은 '김'이라는 특성 없는 성이 개별적인 나의 아빠로부터 온 것을 알았기 때문이다. '김'이 '성이 김인 아버지를 가진'이라는 뜻의 형용사나 된 듯이 '미래'를 오래도록 제자리에 걸어 줄 것을 알았기 때문이다.

일하기 위한 도구를 잔뜩 챙겨 왔지만 책 읽기
외에는 다른 일을 할 수가 없어서 몇 권을 내
리읽었다。

이현아 지음, 『여름의 피부』
(김단희 편집, 푸른숲, 2022), 151쪽

하루는 일하기 위한 도구를 잔뜩 챙겨 들고 거리를 나섰지만 기대만큼 몰입되는 카페를 찾지 못해서 다시 거리로 튕겨져 나왔다. 그러다 누구도 기다리지 않고 시계도 쳐다보지 않고 미술관을 걷는 사람이 되었다. 반 시간쯤 되는 회랑 산책. 아는 기분이다. 내가 기여하지 않은 책에 진입하며 맞닥뜨리는 이 기분에 처하는 것은 꽤 기분 좋은 일이다. 어려운 형편이나 위기도 아니면서 '처하다'라는 동사를 쓰는 이유는 특정한 능동성 없이도 지금 처지에 놓이는 행운을 이따금 누리고 싶어서다.

가지런히 그림 걸린 풍경은 고상하기보다 개방적이어서 놀랍다. 낯선 손에 들려 바다를 건너온 연약한 종이들이 그렇고, 누구에게나 열려 있는 천장 높은 곳이 그렇다. 미술관의 복도란, 책의 낱장이란 그러고 보면 얼마나 개방적인가. 대체로 하얗고 때가 잘 타지만 그것들은 아무리 때가 타도 언제나 흰 것으로 묘사될 운명이다. 섬세하게 설계되었으나 사용 중에 깨지거나 변질할리 없고, 설령 변한다 한들 보고 읽고 그 안으로 걷는 사람은 항구성을 느끼기로 단단히 합의돼 있다.

이름 모르던 화가가 이름만 아는 사람이 되는 동안, 아마도 죽을 때까지 이름 모를 관람자들을 여럿 스쳐 지나간다. 개중 누구와는 작은 라벨을 읽느라 거의 부딪힐 뻔했고 누구와는 왈츠라도 추듯이 상대 발의 움직임을 읽기도 했지만 액자 안을 보러 왔으니 액자 바깥은 신경 쓰지 않기로 한다. 관람자는. 우리들 독자는. 서로를 끝내 알지 못할 것이다.

이 그린 호텔 식당 책꽂이에는 아무도 가져가지 않는 책들이 운하 밑바닥의 진흙처럼 그저 조용히 쌓이기만 한 것일까?

무라카미 하루키 지음, 윤성원 옮김, 『먼 북소리』
(문학사상, 2004), 269쪽

안 지 얼마 되지 않은 지인의 집에 놀러가게 되었다. 흔하지도 않지만 드물지도 않은 연휴의 짧은 여행이 시작된 것이다. 부처님 오신날이 있던 주가 지나자마자 현충일이 든 주가 찾아왔고, 2주 연속 연휴를 맞은 직장인들이라면 모름지기 들뜰 법한 보름의 시간에, 나 역시 이벤트를 누린 셈이다.

만리포 해변 가까이 있는 그의 작은 아파트에 차 두 대를 나눠 탄 일행이 들어차자 아파트는 꽤 비좁아졌고, 비좁은 아파트에 들어찬 일행은 꽤 가까워졌다. 다음 날, 미루기 어려운 강의가 있어 원격으로라도 감행하게 된 나는 해안으로 빠져나간 일행의 빈자리를 홀로 차지했다.

해변 가까이라고는 해도 바다와 아파트 사이의 거리는 걸어서 두 시간에 달한다. 이렇게 도시와는 거리-시간 개념이 차이가 난다. 나는 고립감을 느꼈다. 어제보다 개인 공간이 넓어졌고, 수도에서처럼 아파트 맞은편의 풍경이 다른 아파트이기는커녕 멀리나마 수평선(지평선이 아니다!)이 보이는데도. 물론 21세기 고립된 개인이 닿을 데는 광활하고, 탐험하고 개척할 웹 영토야 내가 우물로 느낄 턱은 없다. 그러나 우선은 책이 읽고 싶었다. 눈으로 책이 눕힐 만한 델 찾았다. 책장 비슷한 선반이 몇 개 있었으나, 인터넷 공유기나 헤드셋 같은 먼지 끈적한 기기가 놓여 있을 뿐 책은 없었다. 평소 책의 무게에 짓눌려 고통받는 나에게 이 아파트는 어색했다.

아무도 가져가지 않는 책들이 운하 밑바닥의 진흙처럼 쌓여 있을 해변의 호텔에라도 들러 볼까, 잠깐 그런 고민이 스쳤다.

트레몰로는 음표들을 헤치며 경중경중 걸어 나와
야 했어요。

토미 웅거러 지음, 이현정 옮김, 『못 말리는 음악가 트레몰로』
(이영미 편집, 비룡소, 2012), 7쪽

트레몰로는 열정적인 음악가다. 밤이고 낮이고 쉬지 않는 그의 연주는 이웃에게 소음일 뿐이고, 이웃 점술가는 그의 음악을 청각이 아닌 시각기호로 바꾸어 버린다. 올리브만 한 검정색 음표들이 그의 무릎까지 차오르고, 그가 방문한 장례식에서 조문객들은 음표 위로 미끄러져 데굴데굴 구른다. 쫓겨난 음악가는(아니 이제 조각가라고 말하는 게 좋을까) 낡은 자동차에 짐을 싣고 외진 언덕으로 떠난다. 음표를 오독오독 깨물어 먹는 숲속 동물을 따라 트레몰로도 음표를 맛본다. 전부 다른 맛이 난다. 그것도 하나같이 뛰어난 맛이. 이제 음악가는 시장에 나가 음표-음식을(이제는 요리사라고 부르는 게 좋을까) 판다(아니 장사꾼이라고?). 그러다 음악가는 스피커 너머로 흘러나오는 음표마저 맛이 좋다는 사실을 깨닫고 음표를 찍어낸다(아니 그는 사업가다!). 자연히 유명세를 탄다(아니 그는 인플루언서다!). 온 나라의 텔레비전이 트레몰로의 음표에 사레가 들려 폭발한다(아니 테러리스트로 보는 게 맞겠다). 결과적으로 사람들은 전보다 더 많은 대화를 나누고 더 많은 책을 읽게 된다(아니 그는 액티비스트다).

쉼표 이야기를 하고 싶어서 음표 이야기를 오래 했다. 아주 오래전에 좋아하는 친구가 건네준 소설이 한 권 있다. 소설의 문장은 길지 않은데도 쉼표를 몇 개씩은 예외 없이 달고 있어서, 나는 숨이 가빠지고 자꾸 사레가 들렸다. 그런데 그 친구는 검은 올리브를 만나면 한소끔 쉰다고 했다, 악보를 예외 없이 따르는 연주자처럼. 그래서 그 친구의 독서는 느긋하다고 했다. 조바심이 있을 자리는 없다고 했다.

그 친구와 오래 안 보다가 어느 날 그 소설책을 그 친구인 것처럼 다시 집어 들었다. 이번에, 쉼표들은, 소음이, 아니었다. 이번에, 만난, 쉼표들, 에서는, 전부, 다른, 맛이, 났다.

매일 반복되는 손의 장면이 낱장으로 켜켜이 쌓이는 종이에 어울린다고 생각했어요.

0.1 지음, 『Edited Days』
(김미래 편집, goat, 2021), 37쪽

어렸을 때 손재주 좋다는 말을 많이 들었다. 중학교 과학 시간에 유전을 배울 때인가, 굽은 엄지, 곧은 엄지가 예시로 나왔는데, 난 확실히 굽은 엄지였고 동기 중에 몇 명 더 굽은 엄지를 가진 친구들이 있었다. 그 친구들이 모두 그림을 잘 그리고 글쓰기에 소질이 있어서 같은 굽은 엄지라는 사실이 기뻤다.

무엇에나 쉽게 싫증을 내고 근성이란 걸 어떤 면에서도 보이지 않았던 나는, 20대 어느 날엔가 '손재주 많은 사람의 함정'이란 개념을 혼자 만들어 내고는 아무 일에나 핑계 삼기에 이르렀다. 어깨너머로 곧잘 배우고, 남의 도움 받거나 남에게 노하우를 전수하느니 본인 손으로 하는 게 속 편한 사람, 자연히 한 우물 파는 이에 비해 이 멀티플레이어의 플레이에는 빈틈이 많다. 다방면에 소질이 있으니 무엇이든 될 수 있었지만 바로 그 때문에 이렇다 할 무엇도 되지 못한 청년…… 얕은 손재주란 한 인간의 성장에 필요한 거름을 씻어 내리는 빗방울이 아니겠는가.

그러다 2016년의 한 여름날, 0.1을 알았다. 0.1은 일러스트레이션, 만화, 문구 등 다양한 시각 작업을 하는, 자매 둘로 구성된 팀이다. 검정 아닌 파스텔 톤이되 꽤 굵은 윤곽이 인상적인 회화 작업은 알폰스 무하를 떠올리게도 하지만, 화려함과는 거리가 멀고 무표정, 그것도 어린아이도 다 큰 어른도 아닌 어정쩡한 시기의 무표정을 주로 그린다. 0.1이 가진 네 개의 손은 내 시선이 닿는 언제든 분주했고, 경이로울 만큼 섬세했다. 최근 '손재주의 함정' 따위 입에 올릴 수 없던 건 이들의 존재 때문이다.

산을 책으로 읽고、 산을 책 안에 저장하고、
책에서 산을 다시 꺼내、 산을 달리 놓아두고
읽고 본다。

안치운 지음, 『침묵하는 산』
(이한민·박희진·노유연·최현경·박홍민·김영길 편집, 한길사, 2023), 9쪽

"책에서는, 책날개에는, 책 안에서는, 책의 뒤표지에는……" 하고 글쓴이는 김정태가 쓴 책의 구성에 따라 김정태를 이해하고자 애쓴다. 책의 구성에 따라 한 사람을 이해한다. 그리고 그 이해 역시 책의 구성을 입는다. 책은 집처럼 안이 있고 바깥이 있다. 세계와 다르게 책에는 안과 밖이 있다. 책은 사람처럼 얼굴이 있고 뒤통수가 있다. 그런데 실은 앞 얼굴과 뒤 얼굴이 있고, 뒤 얼굴은 뒤통수와는 다른 것이다.

김정태는 일제강점기에 활동한 조선 제일의 산악인으로 알려져 있다. 산행이 시끄러울 리 없건만, 최초의, 제일의, 으뜸가는 활동 주변에 웅성임은 무슨 법칙처럼 늘 있다. 사위가 시끄럽기에 침묵이 귀해지고, 사위가 시끄럽기에 침묵이 가능해진다.

"인간은 왜 등반하는가." 책 속의 책에서 김정태는 자신에게 묻는다. 무한하고 값진 정신적 양식을 얻기 위해서라고 모험가는 정답을 대답한다. 한반도의 절정이라 여겨지는 봉우리에 올라 입에 담지도 못했던 "대한독립 만세"를 몇 번이고 소리소리 불렀다는 고백이 뒤따른다. 외치고는 "평생토록 진 빚을 다 갚은 듯" 내려왔단다. 평생토록 빚을 지고, 평생토록 진 빚을 다 갚듯 내려오는 홀가분한 산행. 빚을 지게 하는 시대를 잊게 하는 짧은 하산. 질문은 등반을 향했으나 답은 하산에서 찾아질 것이다.

'2 × 2 = 4'는 양손을 옆구리에 대고 바닥에 침을
뱉으며 당신이 가는 길을 막아선다.

도스토옙스키 지음, 김연경 옮김, 『지하로부터의 수기』
(민음사, 2010), 57쪽

018

비문은 정문보다 많은 것을 알려 준다. 허기를 느낀 당신은 김밥 두어 줄을 포장하러 식당으로 향한다. 식사할 시간도 넉넉지 않고 동행이 따로 있지도 않기 때문에 대충 때우기로 한 것이다. 기본김밥 두 줄을 주문한다. 좁은 식당에서 나와 문간에 대기한다. 얄따란 미닫이문 위에 언제부터 있었는지 모를 안내문이 한 장 붙어 있다.

"공휴일은 쉽니다." 시트지로 출력되어 유리문에 잘 자리 잡은 글이다. '쉽'과 '니' 사이가 '니'와 '다' 사이보다 넓기 때문에 당신은 상상한다. "공휴일은 쉽"으로 간결하게 끝냈다가 아무래도 특정한 상대에게 전하는 메시지로 읽히지 않을 듯하여 고객을 고려한 입말로 '쉽니다'로 고쳐 쓰기로 마음먹은 자영업자의 모습을. 김밥 가게 사장님의 고민은 어쩌면 현재진행형일지 모른다. ㅁ을 떼고 ㅂ을 붙일지, ㅁ 상단 두 개의 꼭짓점에 작은 뿔을 더할지…….

'2 × 2 = 4'는 훌륭하지만, '2 × 2 = 5'는 정감이 있다. '2 × 2 = 5'는, 양손을 옆구리에 대고 당신이 가는 길을 막아서는 '2 × 2 = 4'의 어깨를 툭 치며 길을 터 준다.

여러 줄에 걸쳐 낱말 사이 공간이 줄지어 맞아
떨어질 때 수직 방향으로 하얀 강줄기 현상이
나타난다。

요스트 호홀리 지음, 김형진 옮김, 『마이크로 타이포그래피』
(워크룸프레스, 2015), 57쪽

그다음 문장은 "이 강들로 인해 글의 흐름이 깨진다면 공간 조정을 통해 없앨 필요가 있다"이다. 표지만 보고 책을 고르던 시절을 지나, 나는 내지만 보고 책을 고르는 시절을 맞았다. 한눈에 내용을 간파하는 통찰력은 부족하니, 아직 겉만 보고 속을 가늠하는 부류를 벗어나지 못한 셈이다.

엄격한 선배 밑에서 교정을 배울 때, 챕터가 끝나는 마지막 글 한두 문장으로 페이지가 허비될 때는 앞선 단락들에서 낭비 요소를 찾아 몇 단어 줄이는 것만으로 휑한 페이지를 예방할 수 있다는 가르침을 받았다. 한두 칸이 아니라 열네댓 칸은 들여쓰기하기를 추상같이 수행하는 입사 동기 디자이너에게서는 단락을 시작할 때 설정한 들여쓰기 폭보다 작은 너비의 마지막 줄 글자들은 제발 없애 달라는 '청부 교열'을 요구받곤 했다. 이들은 그 어떤 호밀밭도 지킬 만한 파수꾼들이었고, 나는 볼멘소리를 내면서도 이 규칙을 몸에 익혔다. 그러다 오늘 이 책을 읽으며 '하얀 강줄기'를 추억해 냈다.

white river. 낱말과 낱말 사이 벌어진 하얀 틈들이 교묘하게 만들어 낸, 세로로 길게 흘러내리는 하얀 강줄기. 이것은 내가 편집을 하는 동안, 예방하거나 제거함으로써 독자에게까지는 전해지지 않던 가느다란 흐름이다. 어느 쪽으로 책을 들어야 맞는지도 모르던 꼬마아이에게, 그 하얀 강줄기는 꽤 반가운 존재였는데. 글자 가득한 까만 페이지에서 묘한 흰 줄기를 발견해 내던 일, 한바탕 내리읽다가 만난 아찔할 정도의 아득한 페이지. 걸음을 재촉하며 쭉 곧은 길을 따라가기 바빴던 독자는 그래도 그 강을 만나서는 잠깐씩 머물러 쉬곤 하였다.

'읽다'라는 동사에는 명령형이 먹혀들지 않는다。

다니엘 페나크 지음, 이정임 옮김, 『소설처럼』
(박지현·김가영 편집, 문학과지성사, 2004), 13쪽

교사이자 작가인 다니엘 페나크는 "사랑해라!"나 "꿈을 가져라!" 라는 말만큼이나 "네 방에 들어가서 책 좀 읽어!"라는 명령이 아이에게 잘 먹혀들지 않는다고 적었다. '읽다'가 명령어가 되는 순간, 아이는 오로지 책에서 벗어나려는 일념에 사로잡힌다고. 그러나 페나크는 정작 독서를 극구 말리는 분위기에서 성장했기에, 독서를 기피한다는 건 상상조차 할 수 없었고, 날씨가 좋거나 밤이 늦었다면 나가 놀거나 불을 끄라는 강압이 익숙했다.

교사이자 작가가 되기 전에 우선 독자였던 그이기에, 그는 그가 되기 이전에 이미 읽었다. 읽기에 앞서 단단히 마음먹을 필요도 없었고 배짱이나 야망을 부채질할 필요도 없었다. 그러나 문제는 그저 읽어서, 읽다 보니, 다 읽고 보니, 그러다 쓰게 된 사람이 읽기를 가르칠 때 발생한다. 그는 이제 쓰는 사람이 되었기에 명령어를 적는다. 그는 이제 가르치는 사람이 되었기에 명령어를 뱉는다.

"억수같이 떨어지는 빗소리마저 잦아들게 만드는 책이라는 은신처, 귀를 때릴 듯한 전철의 진동음조차 아득하게 만드는, 책장에서 펼쳐지는 그 소리 없는 찬란함"을 강요당한 적 없는, 그래서 감추는 독서, 짬짬이 탐닉하는 독서, 막간의 독서, 흘낏거리는 독서, 훔쳐보는 독서, 그리하여 결국 삼매경에 이르는 독서를 절감한 사람만이 꺼내곤 하는 독서 명령은, 책 맛을 모르는 여우들에게는 어디까지나 신 포도일 뿐인 것이다.

어떤 이들은 내게 친구들에 관해 써야 한다고
말한다. (……) 긴장하지 말게、 자네에겐 내
원고를 보여줄 테니까。

잉마르 베리만 지음, 민승남 옮김,『마법의 등』
(이론과실천, 2001), 310쪽

오래전에 다녔던 출판사에서 알게 된 선배가 있다. 그 선배는 디자이너고 나는 편집자이니, 같은 책을 두고 함께 머리를 맞댈 기회가 있어야겠는데(왜냐하면 나는 그 회사를 관둔 지 오래되었고, 우리는 여전히 안부를 묻고, 1년에 한 번은 식사를 함께하는 사이이니, 우리에겐 적어도 붉은 업무의 실 같은 것이 이어져 있지 않을까?) 그런 추억은 없다. 오히려 그런 추억이 없어서 우리는 더 가까워졌는지 모른다. 그 선배와 일하면 작품을 '읽는' 것이 아니라 '보게' 되는데, 처음 그런 경험을 하면 마치 감았던 눈이 뜨이거나 없었던 눈이 생기는 충격을 안게 된다고 한 편집자 선배로부터 그 선배를 소개받았다. 그러니 나는 운 나쁘게도 여전히 감긴 눈으로, 혹은 없는 눈으로, 그녀를 만나는 셈이다. 그녀는 마음만 먹으면 얼마든지 나를 일깨울 수 있지만, 그럴 '여력'이 없다. 먼젓번 일이 있었어야 그 일을 하고 남은 힘이란 게 있을 테니까.

그녀는 나의 생일마다 그녀가 좋아하는 캐릭터로 만들어진 물건을 선물한다. 눈코입을 가진 물건은 나에게 별로 없어서, 결과적으로 그것은 나에게 원작자보다는 그녀의 연장선으로 이해되곤 한다. 생일을 축하하는 그녀는 "사랑해"라는 세 글자 손글씨를 제품 태그에 네임펜으로 적는다. 태그와 제품을 분리하여 제품을 실용하고, 태그를 분리수거하는 일반적인 방식으로는 그녀의 축하를 되새길 수 없다. 그렇다고 대단하게 아카이브하는 것도 어울리지 않는다. 그래서 아무렇게나, 잠깐, 되는 대로 놓여 있는 듯이, 그녀의 메모는 나의 집 네모난 정수기 위에 덩그러니 놓여 있다. 열두 달이나.

해안까지 헤엄쳐 갈 수는 없어. 아직도 2마일
은 더 가야 해. 네 어머니를 생각해.

파울 하이제 지음, 김재혁 옮김, 「라라비아타」, 『민들레꽃의 살해』
(현대문학, 2005), 376쪽

편집자는 마일을 킬로미터로 변환해 본다. 2마일은 3.21869킬로미터에 해당한다. 3.21869킬로미터라고 쓰는 편집자는 물론, 3.2킬로미터라고 쓰는 편집자도 많지 않다. 이 장면의 "2마일"이란 "딱 2마일 더 가야 해"보다는 "2마일쯤은 더 가야 할걸"에 가깝다고 이해하기 때문이다. 3킬로미터로 고치는 건 어떻겠냐고 번역가에게 메모를 남긴다. 왜냐하면 한국 독자들은 2마일을 구체적으로 떠올리기 어려울 테니까. 2마일이 300미터인지 3킬로미터인지 30킬로미터인지 알아야 위의 대사를 읽고 낙담하거나 기운을 좀 더 끌어낼 수 있어진다.

번역가는 수 주가 지나 편집자의 교정에 본인의 교정을 더한 종이 뭉치를 보내온다. 2마일 위에는 취소선이, 3킬로미터라는 손글씨를 이은 실선 정가운데에는 ×자 매듭이 표시되어 있다. 매듭 가까이에는 生자가 적혀 있다. 편집자의 교정 사항을 취소하고 원래의 텍스트를 살리겠다는 뜻이다. ×자도 生자도 정체로 바르게 쓰였다. 이런 것을 휘갈겨 쓰면 보는 사람의 마음이 상할 수 있으니.

아무래도 미터법보다는 야드파운드법을 따르는 게 낫겠어요. 길이 시스템 역시 특정한 사회문화를 드러내 주는 장치고, 이것은 결국 역서니까요. 실은 그 거리가 3킬로미터를 훨씬(미터로 변환되며 소멸될 0.21869킬로미터는 고려해 보셨나요?) 넘기도 하고요. 독자에게는 단위법을 뛰어넘는 제 기지와 제 본위를 발휘하라고 하지요.

책을 폈을 때 아이들 여럿이 붙어 들여다볼 수 있을 만큼 커다란 타블로이드판형으로 하면 어떨까, 표지는 두께감이 있는 거친 벽돌색 종이에 검은색과 흰 잉크로 인쇄하자⋯⋯。

야하기다몬 지음, 『책이라는 선물』
(김은우·김은경 편집, 유유, 2021), 59–60쪽

내가 아는, 한 디자이너는 커피 내리는 데 관심이 많다. 하루는 나의 작업실에서 물을 청해 마시고는 물맛이 좋다며 1000밀리리터 텀블러에 물을 담아 가기까지 했다. (캠핑을 가거나 스포츠를 즐기는 유가 아닌 그가 어째서 500 혹은 700밀리리터 텀블러로 만족하지 못하는지 이때 알게 되었다.) 이 글을 쓰게 된 것은 그가 주목한 작업실의 물을 내가 지금 마시고 있기 때문이다. 평소에도 자주 마시지만, 오늘의 물맛은 특별하다. 청량하게 달다. 여리지 않고 색채가 뚜렷하다. 다시 고쳐 말해야겠다. 이 글을 쓰게 된 것은 그가 주목했던 점을 이 물에서 내가 똑같이 찾았기 때문이다. 그의 감상과 나의 감상이 겹친다. 그의 앞선 식견을 학습한 뒤로, 이 순간을 기다려 온 내가 같은 지점에 당도했다.

편집자라면 모름지기 디자이너와의 감응을 고대하게 되어 있다. 편집자는 사실 형태는 기능(내용)을 따른다고 말하고 싶지도, 콘텐츠와 상관없는 디자인을 전폭적으로 지지하고 싶지도 않기 때문이다. 편집자와 디자이너가 같은 시간대를 살고 있다고 믿는 때가 있었다. 그러나 모두가 '내 책'이라고 생각하는 책을 만드는 경험은 차라리 산에 가는 사공이 부러울 만한 지옥이었기에, "나는 나대로 너는 너대로"라는 이상한 좌우명을 가지고 디자이너를 섭외하는 편집자가 되었다. "나"가 "너"가 되고 "너"가 "나"가 되는 주문을 외우는 대신, "나는 나대로 너는 너대로"여도 좋을 "너"를 찾는 과정에 집중하리라. 그렇게 멋진 "너"를 발견하고 나면, "나"는 "너"의 작업을 이해하기는커녕 동경하리라.

나는 글러 먹었다. 셀룰로오스와 전기、 인쇄와 픽셀이 경합하는 장소에 들어가지 않은 채 종이책 가장자리를 붙들고 있는 나는 구식 편집자이다。

서성진 지음, 『책에 대한 책에 대한 책』
(김윤우·지다율 편집, 편않, 2022), 108쪽

글로벌 버거 브랜드의 한 지점. 키오스크에서 계산을 한다. 사위는 시끄럽고 수년 만에 햄버거를 먹으러 온 나는 메뉴 이름에서 재료들과 그것으로 구성된 음식을 상상하는 것만으로도 머리가 복잡해진다. 어차피 이러고서 몇 년은 또 안 올 텐데 책처럼 메뉴를 읽을 필요는 없다는 생각과 반이나 남긴 것을 마지막 기억으로 삼고 싶진 않다는 마음을 저울질하며 화면을 넘긴다. 모두가 알다시피 화면은 한 장이어서 벌써 여러 장을 읽었는데도 왼손으로 받친 책의 반절이 무거워지는 법은 없다. 무거운 기계의 화면은 언제나 가볍다.

설상가상 등 뒤에는 주문을 기다리는 줄까지 생겼다. 멀찍이 카운터 너머로, 살아 있는 점원들이 바라본다. 분명 걱정스러운 눈이지만 그 눈길이 실질적인 도움으로 전환되는 일은 일어나지 않는다. 세상이 이렇게 변한 지는 이미 오래인 것이다.

겨우 메뉴를 고른다. 세트 대신 버거 하나와 음료 하나를. 결제 수단을 선택한다. 영수증은 출력하지 않고 주문표만 받기를 선택한다. 주문표가 나오기 전에 신용카드를 빼낸다. 빼내기 직전에 "신용카드가 …… 해 주십시오"라는 안내 멘트가 지나갔다. 말줄임표에 해당하는 멘트보다는 신용카드의 달카닥하는 소리와 사람들의 웅성거림이 컸다. 아차, 결제에 실패했구나. 결제가 진행되기 전에 신용카드를 뺐으니 다시 넣어 달라거나 처음부터 주문하라는 안내였나 보지? 번거롭지만 어려울 거 없어. 이번엔 기계가 착실히 주문표까지 토해 냈다.

두 장의 실질적인 증거를 손 안에 쥐고 빈 좌석에 엉덩이를 붙이려는 찰나, 주문한 음식이 나온다. 연달아, 두 개의 트레이가, 쌍둥이처럼 닮은 메뉴를 담고.

시간이 지나면서 사회가 두 종류의 독자로 나뉠 것이라고、 정보를 원하긴 하지만 그 정보가 주어지는 형식에는 별 주의를 기울이지 않는 독자와、 음악과 암시와 위트와 변화와 저항을 원하는 독자로 나뉠 것이라고 상상해 보십시오. 어느 쪽이 우세할지 짐작이 갈 겁니다.

제임스 설터 지음, 최민우 옮김, 『쓰지 않으면 사라지는 것들』
(최해경·권한라·김수경·이복규 편집, 마음산책, 2020), 439쪽

나는 그 정보가 주어지는 형식이 형편없다면 실용적인 정보라도 포기하는 사람이다. 그러나 그 형식이 괜찮거나 심지어 근사하다면, 거기 음악과 암시와 위트와 변화와 저항이 없더라도 그것을 구매하고 재생산했을 사람이다.

그러나 그런 것이 가능한가? 글쓴이가 세상을 단 두 부류로 나누었다면, 그러기까지 충분한 주의를 기울였을 게 분명하다. 그렇다면 잠깐이나마 시간을 들여 이 문제를 진단해 보자. 여기 음악적인 정보가, 암시가 든 정보가, 위트를 안은 정보가, 변화를 품은 정보가, 저항을 심은 정보가 있다. 그것은 무엇일까. 그것은 책이 될 수 있다. 좋다, 이번에는 그렇지 못한 정보를 떠올려 보자. 그것도 책이 될 수 있을까, 그래, 그것을 고민해 보고 싶다. 여기는 아무렇게나 풀어진 생각이 있다. 손 가는 대로 끼적여진 낙서가 있다. 음악적이지도, 암시가 들지도, 위트를 안지도, 변화를 품지도, 저항을 심지도 않은 정보가 있다. 그런데 이것들을 묶고 엮어 책을 만드는 사람이 있다. 그 사람의 동기는 묻지 말자. 그걸 하는 것이 바로 그 사람이니까. 묶고 엮이는 일 앞에서 정보가 변화 없이 저항 없이 순순한 법이 있을까. 일말의 저항을 진압하고 일말의 변화를 경험하는 작업자의 견해, 그러니까 그의 암시와 위트가 한 오라기도 남기지 않는 책이 가능할까. 일련의 정보로 하여금 저항과 변화를 겪게 하는 이의 암시와 위트가 녹으면 거기에는 필시 박자나 가락 따위가 붙는 순리가 아닌가. 그런고로 근사한 형식이란, 늘 음악과 암시와 위트와 변화와 저항을 전제한다고, 누군가는 대규모 강연에서 연설하게 된 거다. 그의 머릿속에서 책은 힘과 세력이 된다. 힘과 세력이 되는 책을 통하여 그는 나에게 말을 건다, 서른 해쯤은 거뜬히 지나서.

또한 가능한 한 엔진이 과열되지 않도록 점화 시간의 간격을 늘여놓았다. 그런 다음 나에게 "빨리 달리지 마세요"라는 충고까지 잊지 않았다.

로버트 M. 피어시그 지음, 장경렬 옮김, 『선과 모터사이클 관리술』
(문학과지성사, 2010), 60쪽

글쓴이는, 나아가 읽는 나는 모터사이클을 다루며 자연을 더듬어 나간다. 자연에 친숙하지 않아서 자연을 한 숨이라도 더 들이마시려고 과열된 엔진을 식히면서 시골길을 달린다. '가능한 한'이라는 표현을 읽을 때는 기분이 좋다. '한'이 하나 빠져 있는 '가능한 한', 그러니까 '가능한'이라는 초고에 명사 '한'을 넣어 '한'을 두 개로 만드는 것은 언제나 편집자의 일에 해당하므로, 엔진의 열을 생각하던 나는 어느덧 편집자의 존재를 감지하고 있다. 정비사를 만나 엔진을 점검받던 드라이버 신분에서 독자로 돌아와서, 아니 편집자로 돌아와서. 이왕 빠져나온 나는 충고 듣기도 거부한다. "그런 다음 나에게 충고까지 잊지 않았다"라는 문장이 어색하다. 정비사가 충고'하는 것'까지 잊지 않았다고 고쳤어야 하지 않을까. 그러다 '것'(이라는 안긴문장)을 절약하고 싶었을 편집자의 의지를 상상한다.

곧 나의 머리는 최민식이라는 배우를 떠올려 낸다. 드라마를 볼 때 아무도 말을 더듬지 않고 아무도 비문을 말하지 않아서 이상하다. 우리의 대화는 그렇지 않잖아, 반박하는 관객이다. 그러다 대사를 잘못 발음하고 뻔뻔하게도 고쳐 다시 말하는 나이 든 배우를 본다. 롱테이크고 베테랑 배우라 스태프들도 별수 없었겠거니 생각한다. 나이가 드니 발음이 새는구나 생각한다. 그러다가 연기하지 않고 카메라 속에 사는 사람인가 생각한다. 대단하다, 어떤 실수는 실체를 가진다.

물론 어느 쪽으로 문장을 다듬든 이야기는 바뀌지 않을 것이다. 저자는 자신의 모터사이클을 가지고 초월적으로 시골길을 달린다. 내가 그의 등허리를 덥석 붙잡고 올라타든, 그러다 훌쩍 하차해 버리든 개의치 않고.

And we can't build our dreams on suspi-
cious minds。

엘비스 프레슬리 노래, 마크 제임스 작사,
「Suspicious Minds」(1969)

엄마는 잘 싸우는 사람이다. 잘 삐치는 사람이고. 잘 표현하는 그 사람을 어렸을 때부터 부러워했지만, 닮지 못했다. 한번은 이렇게 잘 표현하는 엄마가 복잡한 10대 소녀이던 나를 버거워하는 내색이라 가출이라도 하려고 집을 나섰다. 정류장에 도착하고 보니 시외버스 탈 차비가 없었고, 바로 돌아가기는 멋쩍어서 뉘엿뉘엿 떨어지는 해를 기다리다가 아빠에게 전화했다. 종횡하는 푸념을 잠자코 듣던 그의 한마디. "그 성정은 유씨 집안 내력이야."

어째서였을까. 쓰고 보면 인신공격 같기만 한 그 말이 대단한 상찬으로 들린 것은. 불쑥 튀어나온 일시적인 반사가 아니라 꽤 유구한 전통을 지닌 성정의 띠. 딸을 미워할 수도 있고 들들 볶을 수도 있고 쫓아낼 수도 있는 그 성정의 띠가 나에게까지 꼬아 내려오지 않은 것이 또 한 번 아쉬워지는 순간이었다.

가끔 생각한다. 내가 n배수 시안을 요구하지 않는 것은, 그 띠가 없어서다. 내가 수정을 요청하지 않는 것은, 그 띠가 없어서다. 그래서 내가 클라이언트가 될 때 나는 좋은 클라이언트가 될 수 있고, 작업자는 자유로운 작업자가 될 수 있다. 그러나 내가 허브가 될 때 나는 영 좋은 허브가 되지 못하겠다. 화를 잘 전하는 메신저가 되지 못하겠다. 그래서 아마 나는 출판사를 직접 차린 모양이다. 배포가 없어서 가장 배포 큰 일을 저질렀다. 의심하는 마음이 없어서 누구와든 계속 함께 간다. 의심하는 마음이 없어서 꿈을 허무는 일 없이 쌓아 나가기만 한다. 아주 가끔씩 의심하는 성정을 동경하면서.

엘비스 프레슬리는 애원한다. Let's don't let a good thing die(좋은 것이 죽지 않게 해 줘요). 만약 좋은 것을 죽일 수도 있는 이였다면, 나는 조금은 다른 방식으로 책을 펴냈을 것이다.

포근한 우주 안에서 나는 새로운 의미와 해석
을 만들려 노력했고、 그리고 그 노력은 항상
존중과 격려를 받았다。

헬렌 화연 지음, 「초과가 동사였다면」, 『초과』 10호
(2021년 12월), 124쪽

편집자이니 당연한 말이지만, 일로 만나는 사람의 절반 정도가 글을 쓴다. 그들 대부분은 하루의 절반을 들여 글을 쓴다고 한다. 해가 밝기도 전에 일어나서 등을 곧추세우는 성실한 축도 있고, 낮을 소요하다가 올빼미처럼 고요한 밤을 맞아 본격적으로 활동하는 축도 있고, 카페를 전전하며 다소 산란한 정신으로 틈틈이 메모하는 축도 있지만, 그들 모두 전업 작가라는 신분에 걸맞게 하루의 반쪽을 고스란히 떼어 둔다는 창작 생활의 분량은 엇비슷하다.

편집자이니 당연한 말이지만, 그들이 쓰지 않는 시간에 대해서는 잘 알지 못한다. 책은 물론이고 기획 단계에서 접하게 되는 그들의 이야기는 쓰는 시간에 대해서만 알려 주기 때문이다. 운이 좋으면 책이 출간될 즈음, 그들의 소회가 담긴 「들어가며」나 「나오며」를 통해 쓰지 않는 그들을 만나는 수도 있다. 그러나 거기 드러난 '쓰지 않는 시간'은 어쩐지 '쓰는 시간'을 돋보이게 하는 장치처럼 읽힌다. "○○가 없었다면 이 책은 나오지 않았을 것이다"라는 헌사의 쓰나 마나 한 가정법처럼. 이 책은 분명히 있고, 그것은 ○○의 헌신일 따름이다. "이 책이 나오지 않았더라면 ○○에게는 ○○가 주어졌을 것이다"라는 가능성은 숨어 있다.

때로는 책에 등장하지 않는 그 사람을, 기록되지 않는 그의 시간을 읽고 싶다. 지금 우리가 살아가는 것과는 전혀 다른 '어떤 일', '진짜 일', '기록할 만한 일'이 존재한다는 거짓말을 읽는 대신에. 책이라는 마법의 도구가 본 무대와 리허설을 명확히 갈라 주는 우주 한 귀퉁이에 놓인 박스석에서, 미계약, 무소속 작가의 종잡을 수 없는 초회 공연을 바라보는 일은, 신기루로 존재한다.

나는 미국 현대 게이 시 선집을 손에 들어 본다。 그 책을 펼쳐볼지는 결정할 수가 없다。 나는 분명 그 안에 속하지 않는다。 내 다른 손에는 슬로베니아 현대시의 새로운 경향에 대한 에세이를 들었다。 거기서도 나 자신을 발견할 수 있을 것처럼 보이지 않는다。

브라네 모제티치 지음, 김목인 옮김, 『시시한 말·끝나지 않는 혁명의 스케치』 (나낮잠·노유다 편집, 움직씨, 2023), 53쪽

그렇다면, 브라네는 본인의 이름이 붙은 이 산문집에 대해서는 어땠을까. 이 산문집을 드디어 손에 넣었을 때 그는 주저 않고 펼쳤을까. 펼쳐서 본인이 이 책 안에 속한다는 것을 확인하고 안심했을까. 거기서 자기 자신을 발견할 수 있었을까.

나는 궁금해진다. 우리가 써 내려간 글들이, 우리 자신을 설명해 주는지를. 그것이 증명한다 한들, 그 순간의 자신이 이미 타인보다도 멀어져 버렸다면 어떻게 되는 걸까. 아직 문장화되지 않은 의심할 수 없는 나 자신의 일부가 글자로 책으로 옮아 가며 각질처럼 떨어져 나가고 마는 것이라면.

아무리 맛있는 요리라도 시간이 흐르면 상한다. 실은 요리가 되지 못한 반죽도 그렇다.

수정을 요구하지 않고、 교정 실수조차 작품의
힘으로 만들어 버리는 작가의 판단력에 경의를
표하지 않을 수 없었다。

쓰게 요시하루·야마시타 유지·이누이 아키토·히가시무라 아키코 지음, 한윤아 옮김,
『나사와 검은 물』(한윤아 편집, 타이그레스 온 페이퍼, 2022), 145쪽

편집자의 교정 실수를 작품의 힘으로 만들어 버리는 작가의 판단력에 경의를 표하지 않을 수 없는 사람이라…… 그렇다, 분명 편집자다. 편집자가 쓴 글이 틀림없다. "오히려 경의를 표하고 싶어졌다" 정도만 됐어도 편집자라 확신하지는 못했을 것이다.

확실히 교정교열이란 일은 들떠서보다는 차분할 때 잘되고, 모험하기보다는 조심할 때 잘된다. 틈을 메워 빈틈없게 하는 일이니 말이다. 빈틈없게 하는 일. 애초에 틈을 만들지 않으면 되잖아? 이렇게 묻고 싶은 분도 있겠지만, 교정은 백지에서 일어나지 않는다. 교정은 검정 잉크 위에서, 검정 잉크 사이에서 일어난다. 그러니 교정은 태생적으로 공포스러운 작업이 아니다. 오히려 운동처럼, '하면 좋아지는' 종류의 것이다.

'하면 좋아지는' 것이라고 했지만, 편집자도 실수를 한다. 안 하는 게 나았을 일도 한다. 그때는 하는 게 좋아 보였는데 지금 보니 안 하는 게 나았을 일 말고, 언제 봐도 실수인 일을 저지르기도 한다. 일본의 만화가 쓰게 요시하루의 손글씨 ××를 メメ(메메)로 오독한 편집자 다카노 신조는 작가가 인쇄된 원고에서 실수를 지적하자 본능적으로 움츠렸다고 한다. 그러나 작가는 늦지 않게 "괜찮아요. 메메해파리가 작품에 더 어울리는 것처럼 느껴지네요"라고 덧붙였다. 소심함에서 나온 배려인지, 대담함에서 나온 포용력인지는 모르겠지만, 그 말은 움츠러든 편집자를 대담하게 바꾸어 주었다. 그리하여 메메해파리는 살아남았다. 우리는 살아남은 것밖에 만나지 못하므로, 살아남은 메메해파리가 실수일 리는 물론 없다.

나는 그것을 말로 옮김으로써 실재로 만든다. 그저 말로 옮김으로써 완전하게 만든다. 이 완전함은 그것이 내게 상처를 줄 힘을 상실했음을 뜻한다.

버지니아 울프 지음, 이미애 옮김, 『지난날의 스케치』
(김미래 편집, 민음사, 2019), 19쪽

불과 몇십 분 전만 해도 우리를 짓누르고 있던 둔탁한 분위기는 명료한 과거가 되었다. 이렇게 쓰지 않았다면, 그것은 과거조차 되지 못했을 것이다. 지금 그는 완벽한 제스처와 톤으로 얼마간의 일화를 들려주고 있다. 순전히 그와 그의 주변에 관한 무용담인데도, 그는 적절한 떨림과 애정 어린 눈맞춤, 마음 가는 어수룩함으로 청중의 집중도를 높여 간다.

대다수는 그 서사의 경청을 관두고 헌신할 대안이 없어서 시작했을 테지만, 경청이라는 물리적인 운동은 우리를 점차 단결해서, 이미 개인에게는 그 이야기를 응원하지 않을 도리가 없게 되었다.

오지로 떠나는 대신 오지에 관한 다큐멘터리를 시청했고, 악기를 익히느라 손을 괴롭히는 대신 작은 클럽에 들러 생음악을 들었고, 사랑을 고백하는 위험을 감수하는 대신 관찰 예능에 몰입했듯, 우리는 무리 없이 그가 들려주는 무용담의 일원이 되었다. 그러자 모닥불의 기운이 어린 듯 발화자의 얼굴은 일렁거렸고, 밤은 한층 이슥해졌다.

복사기 광고에서 종이는 늘 문제를 일으킨다。

현시원 지음, 『1:1 다이어그램큐레이터의 도면함』
(박활성 편집, 워크룸프레스, 2018), 147쪽

비스코티같이 잘 바스라지는 과자는 치아로만 깨물기보다는 한 입 베어 물 때 입술 안쪽까지 잠시 머물게 둬야 적당량의 침이 스며 부스러기가 무릎 위로 꼴사납게 떨어지지 않는다. 이건 배우지 않아도 자연스럽게 수행하는, 액션이라기보다는 리액션에 가까운 행위다. 영화를 찍는 카메라에도 담기지 않을 만한 이 작고 자연스러운 행위를 그려지게 적는다는 건 이상하고 번거로운 일이다.

"종이는 무궁한 가능성의 상징인 동시에 말 그대로 아무것도 아니다."(같은 책, 같은 쪽) 우리 자신은 글 속의 자신보다 대체로 훨씬 더 부드러우며 현명하게 흐른다. 우리는 제 손이 어디를 향해야 할지, 자신의 몇 번째 손가락이 턱의 어디쯤을 받쳐야 할지, 어느 정도의 침을 만들어 내는 게 좋을지, 어느 정도의 각도로 무릎을 세울지 계산하지 않는다. 수치화되지 않는 우리를 고정하는 것은 글자일 따름이다. 글자는 우리를 오도 가도 못하도록 흰 종이에 박아 두는 못이며, 글쓰기는 유동적인 존재를 못 박는 못질이다.

한참 뒤에 사려 깊은 누군가가 와서 이 글자들을 시간 들여 읽고 여기 기운을 불어넣어 우리를 움직이게 해 주겠지. 우리는 그에게 해방하는 역할을 부여하기 위하여, 우리 자신이 해방되는 기쁨을 만끽하기 위하여, 이렇듯 갇히기를 자처한다.

무슨 학교나 직장을 다니는 것이 아닌 이상 누구랑 이렇게 자주 만나서 대화할 일은 살면서 없었던 것 같습니다.

이동휘·이여로 지음, 『시급하지만 인기는 없는 문제: 예술·언어·이론』 (이동휘·이여로 편집, 미디어버스, 2022), 189쪽

033

How can you not be romantic about baseball? 2011년도 개봉한 콜럼비아픽처스의 영화 『머니볼』의 유명한 대사다. 로맨틱한 활동을 신비 그대로 두지 않고 날카로운 칼로 해부하다니 뻔뻔한 거짓말이 아닐까도 싶지만, 머니볼 이론은 결국 '기용'을 위한 것이고, 이때 기용된 작자들은 하나같이 뭇 구단에서 외면받던 선수들이었으니 결국 이 영화는 로맨스가 맞다.

가난한 구단의 생존법으로 그려지는 머니볼은 결국 선수를 이해하는 과학적인 방법이며, 이해의 끝에는 기용과 운용이 기다린다. 우스운 투구 폼 탓에 몸값 낮던 선수도 머니볼 이론에 따라 이전보다 나은, 결과적으로는 알맞은 대우를 받게 된다. 그러나 투구 폼도 데이터도 결국 선수를 이해하기 위한 도구이긴 마찬가지인 것 같다.

출판이라는 팀 스포츠를 한다고 믿는 나는 작가라는 키 플레이어를 이해하고 싶다. 그의 기량을 제대로 알고 우리 팀의 전력을 파악하고 싶다. 우리가 서로를 잘 알수록 이 경기는 이기는 경기가 될 터이기 때문이다. 사교적이지 않은 사람들이 출판계에 온다는 건 거짓말이다. 책상물림, 간접경험, 거북목 등 우리를 평가절하하는 말뭉치에는 음모가 있는 게 분명하다. 실재하지 않는 (책 속의) 인물까지도 사랑하거나 미워할 수 있는 우리인데? 그런 데다 그(character)는 분명 실재한다!

같은 학교를 다니거나 같은 직장을 다니지 않는데도 이렇게 자주 만나서 대화하는 것은 우리 같은 팀 스포츠맨들에게는 당연한 일과다.

좀 이른 게 딱 좋고、 정시에 맞추면 늦고、
진짜로 늦는 건 곤란하다。

데이비드 할랜드루소·벤자민 리드 필립스 지음, 안영진 옮김,
『스토리보드 제작 노하우』(방수원 편집, 비즈앤비즈, 2019), 171쪽

034

저자들은 건배사로는 최악이겠지만 영화업계에서는 대단히 건전한 사고방식이라고 이 문장을 변명한다. 이 책이 스토리보드 만드는 절차를 알려 주는 까닭은 궁극적으로 읽는 사람이 만드는 스토리보드로 영화까지 만들기를 기대해서이며, 영화는 부정할 수 없는 공동 작업이다. 저자들은 스토리보드 제작부터가 공동 작업이라고 말한다. 살펴보면 조금 묘한 당부인데, 일단 업계 '내부'에 들어온 사람은 계속 '내부'에 머무르게 되지만 이 계속의 조건은 운명 공동체 일원으로서의 성실성이라는 말이다. 혹여 아직 외부에 있다면, 연필심을 뾰족하게 다듬어 두다가 이 내부로 진입하면서 '좀 이른' 사람으로 살아가는 게 좋겠다.

하루키 같은 대형 작가의 신간을 편집한 적은 없기에 촌각을 다투는 시트콤풍의 에피소드를 전하지 못해 아쉽다. 지면이 이렇게나 많은데, 나의 지면은 하나같이 긴장 풀리는 것들로 채워지고 말았다. 검은 잉크도 하얀 종이도 죄다 '이완'에 기여한다. 애초에 느리게 배우는 사람이고, 느리게 가르치는 사람이니 별수 없다. 다만 느린 시간에도 이르고 맞고 늦는 것은 있음을 안다. 아무리 태평한 사람이라도 인정하련다. 제아무리 느긋해 봐야 100년을 못 살고, 50년을 못 일하고, 하루 20시간을 못 쓴다. 기대와 설렘으로 기획한 타이틀이 작가의 사정에 따라 1년이고 2년이고 하염없이 늘어지다 햇수 세기마저 그치게 되면, 정신은 안간힘을 써도 몸은 받아들이고 만다. 또 하나의 '미지의 걸작'이 배출되고 말았다는 것을. 그래서 드리고 싶은 말은⋯⋯

"부지런히 남은 지면을 채워 나가겠습니다. 딱 좋은 시간은 진작에 넘겼지만, 곤란까진 안 가도록요."

확실히 다리가 많을수록 넘어질 확률이 낮다. 셋보다는 넷이 낫고 넷보다는 다섯이 낫다는 말이다.

김상규 지음, 『의자의 재발견』
(세미콜론, 2011), 49쪽

035

세계의 모든 편집자라고 말은 못 하겠다. 다만 내가 만난 편집자 선배들은 "이왕이면 줄이라"고 했다. 작가가 써 온 글에서, 쓸모없는 문장을 잘라내고, 무분별하게 자리한 구두점을 먼지처럼 털어내라고, 그러다 보면 처음 교정 보기 시작한 원고가 1000매에서 700매로 변하는 일도 있다고, 그런 변화는 당혹스러울지는 몰라도 분명 좋은 것이라고. 카오스에 가까운 것을 코스모스로 변모시키는 것은 분명 명쾌한 일이다. 이런 일은 속도가 붙고 손에 익기 마련이다. 이런 일은 '한 사람'을 '그 사람'으로 만드는 기적을 일으킨다.

그러나 다리 개수를 줄이고 줄이다 보면, 실험적이다 못해 높이가 아예 없어진 의자도 있을 것이다. 이 의자는 군더더기 없이 아름다우며, 과학적인 동시에 마술적이다. 다리가 없어진 의자는 다리가 아주 많은 의자에서 진화한 것만 같다. 없는 의자가 아니라 '없어진' 의자이기 때문이다. 가졌던 것을 버리는 것은 비범한 위업이다.

편집자는 다리를 줄일 수 있어도 늘리기는 대체로 어려운 업무 범위를 가졌다. 그에게 다리를 몇 개 만들어도 좋다고 하면 그는 처음에는 새로워하며 재량과 역량을 발휘할 것이다. 그러나 그에게 다리를 모두 만들라고 시키면 그는 이 일은 제 범위를 벗어난다며 자리를 박차고 떠날 것이다.

두려워하지　않고　훌쩍　다이빙하면　말이죠。　참
신기하게도　헤엄이　쳐집니다。

오카자키 교코 지음, 이소담 옮김, 『핑크』
(김미래 편집, goat, 2019), 259쪽

살다 보면 그다지 승부욕이 없는 사람도 게임에 참여하게 된다. 그러다 타오르는 승부욕에 스스로 놀라고, 잘 안다고 생각했던 친구의 날카로운 면모를 발견한다. 내가 겪은 게임의 명수들 공통점은 다음과 같다.

1. 승부욕이 뛰어나다.
2. 사기를 자기 쪽으로 끌어올 기회를 놓치지 않으며, 한번 그 흐름에 올라타면 과감해진다.
3. 게임의 룰을 자의적으로 해석하고 은연중에 바꾸나, 이를 눈치채는 사람은 적고, 이 사람이 퇴장당하는 일은 일어나지 않는다.

일본 만화에는 데즈카 오사무나 우라사와 나오키, 마쓰모토 타이요 같은 천재들이 있고, 어린 시절 나는 그들의 만화들을 즐겨 봐 왔다. 힘찬 펜선을 보면 미대 입시라도 시작하고 싶어졌고, 화려한 연출은 머릿속에 영상을 재생해 주었다. 만화책이 그리워질 무렵, 그러니까 만화책과 완전히 멀어진 20대에 나는 조금 다른 만화를 만났다. 인터넷에 떠돌던 오카자키 교코는, 게임 체인저였다. 만화를 문학으로 만들었다고 평가받는 뉴웨이브 작가인데 정작 그림은 낙서처럼 부정확하고 덜 공들여져 있었다. 덧그려진 선과 가이드라인이 그대로 출판물에 드러나 있을 정도였다. 그러나 1980-1990년대에 쓴 메시지는 지금 이 시대에나 개발될 법한 것들이었다. 『핑크』에는 문단에 입성하지 못한 소설가 지망생이 등장한다. '등단'을 꿈꾸지만 매번 낙선하는 하루오에게 어느 날 한 명의 독자가 생긴다. 이 꼬마의 존재로 인해 하루오는 '독자'의 상대항인 '저자'의 지위를 획득한다. 이 기세를 타서 자기가 고른 소설들을 오려 내서 짜깁기하는 편법으로, 드디어 그는 소설가가 된다.

이후로도 친구를 또 여럿 잃었지만 앞으로 잃을
수에 비하면 아주 적은 수였다. 그 무사함을
기념하며 꼭 한번 타 보고 싶었다.

정세랑 지음, 「김인지 오수지 박현지」『피프티 피플』
(김선영 편집, 창비, 2016), 189쪽

037

20세기의 한 등산가는 기지 넘치게도 낙하산을 브레이크 삼아 내려온다. 지난한 등산 끝에 맞는 경쾌한 하산, 두 발로라면 신중을 기해야 할 느려 터진 운동을 이륙으로 바꾸어 낸 아이디어. 고작 4킬로그램 내외의 낙하산은 내려가는 고통을 열락의 운동으로 바꾸기 충분했다. 이제 모든 사람에게 산을 오를 이유가 생겼다.

그러나 모파상의 말(「밤: 악몽」)처럼 우리를 망치고 괴롭히고 죽이는 것은 언제나 우리가 사랑해 마지않는 것이다. 패러글라이더는 뭉게구름에, 서퍼는 파도에, 클라이머는 절벽에 다치고 죽는다.

이야기가 사람을 구한다는 말은 무책임하다. 그것은 사람을 죽이기도 하기 때문이다. 편집자로 지낸 길지 않은 시간 동안, 이야기에서 말에서 글에서 책에서 다치는 사람을 몇 번이나 목격했다. 자기 경험을 재료로 쓴 어린 작가는 그 소설에 등장시킨 제 피붙이의 애원에서, 밤이 이슥해지도록 신간 행사를 준비하던 편집자는 피로에서, 성실한 투고자는 수신 확인되지 않는 메일에서, 자신의 서사를 마치기로 결정했었다.

글을 다루는 사람은 글에 손을 베인다. 매일 내가 죽기 살기로 하는 일이래 봤자 사정 봐주지 않는 날을 벼리는 데 지나지 않는다. 그런 데다 친구를 벌써 몇이나 잃었지만 앞으로 잃을 수에 비하면 아주 적은 수일 것이다. 이런 종류의 무사함을 나는 어떻게 기념할 수 있을까. 하루치만큼 닳은 손을 사전에 끼워 넣는 것만으로 충분할까.

드보르는 자신의 저서인 『회고록』 표지를 거친 사포로 제본해 그 책이 도서관 서가에 진열되었을 때 옆에 있는 다른 책들을 손상시키도록 만들었다.

칼레 라슨 지음, 길예경·이웅건 옮김, 『애드버스터』
(송연승·조윤주 편집, 현실문화연구, 2004), 31쪽

수년 전, 순문학 작가가 아닌 생활자의 산문집을 기획해 펴낸 적이 있다. 취향도 행동도 섬세한 분인데, 그의 글에는 하나의 선택에 이르기까지의 사소한 도정이 결코 생략되는 법이 없어서, 돌다리 두드리며 걷는 듯한 그의 글쓰기 방식이 찰리 채플린의 슬랩스틱처럼 나는 늘 유쾌했다. 그런데 책이 출간된 지 며칠 되지 않았을 때 놀라운 독자 반응을 만났다. 그의 책을 읽어 본 나의 지인은 그의 섬세함 앞에서 피로해졌다는 것이다. 개울가를 깡총깡총 건너뛰듯 살아가는 그 친구에게 돌다리 두들기는 사람은 참 답답한 존재여서, 책을 끝내기가 괴로웠다. 편집자인 나는, 언급될 필요가 없는 제 삶의 작은 영역까지 눈길을 끌어오는 그의 대인배다움을 주목하라고 항변했지만, 친구의 첫인상은 쉽게 지워지지 않는 것 같았다.

　어떤 책은 그저 꽂혀 있는 것만으로 옆에 놓인 책을 손상시킨다. 대부분은 그 책의 바로 옆자리에 놓이기를 즐기지 않을 것이다. 조금 틈을 두다가 멋모르는 건강한 책이 그의 희생양이 되어 주기를 바랄 것이다. 그러나 몇 권의 책은 바로 그 유해한 책을 기다리면서, 지루한 생을 꿈꾸 본다. 고막을 찢고 심장을 울리는 포효에 가까운 콘서트에 찾아가서 모르는 사람의 어깨를 부딪는 책이, 위협적인 공격수를 앞에 두고 한 뼘도 안 되는 거리에 서서 거친 숨을 뱉어 내는 책이, 우리 중에도 있다.

좋아하는 모차르트의 음악 한 대목과 좋아하는
시 한 구절을 비교해서 어느 쪽이 소중하냐고
묻는다면、 아무래도 모차르트의 음악이 소중하
거든요。 그러니까 늘 시는 음악을 쫓지만 따
라잡지는 못한다는 기분이 강합니다。

다니카와 슌타로 지음, 조영렬 옮김, 『시를 쓴다는 것』
(최연회 편집, 문학동네, 2015), 108쪽

언제나 시인이 부러웠다. 언제나 시를 쓰고 싶었다. 그러나 시에 비해 왜 그토록 나는 가볍게 느껴지던지. 인스타그램에 사진을 찍어 올리고, 노래방에서 받는 10분 서비스에 환호하고, 생맥주 석 잔 가격도 부담스러워하던 시절부터, 계획도 없이 훌쩍 여행을 떠나고, 오랜 친구에게 연락하는 대신 그를 시간을 들여 그리워하는 지금 이 시간까지, 나에게는 문장을 맺지 않으며 행을 바꾸는 것이 참 어렵게 느껴진다.

문장을 이으면, 단락에 무게를 드리우면, 시간 제한 없는 편안한 인터뷰처럼 이야기할 것도 같은데, 어떻게 이 시인은 여기서 그만두기로 한 건지. 어떻게 이 시인은 이쯤에서 떠난 건지. 그가 남긴 빈자리에 서서 상상해 본다. 그 역시 언젠가 이런 데서 이런 기분으로 서 있었겠지 하고.

편집자는 시인을 좇고 시인은 음악가를 좇는다. 좇지만 따라잡지 못한다. 혹은 않는 것일까. 혹은 따라잡히지 않는 것일까. 혹은……

에디터들은 같이 일하기 편한 사람을 좋아한다.

트리시 홀 지음, 신솔잎 옮김, 『뉴욕 타임스 편집장의 글을 잘 쓰는 법』
(더퀘스트, 2021), 237쪽

20년간 전 세계 지성들의 글을 매주 1000편씩은 읽고 피드백을 주며 살아온 『뉴욕타임스』의 편집장에게 편한 사람은 "메일 회신이 빠르고 에디터들의 문의에 하던 일을 멈추고 곧장 답을 해 주며, 편집에 지나치게 불평하지 않는" 이였다. 나는 게으른 사람이라 그런지, 메일 회신이 칼 같지 않고 마감 원고를 느지막이 넘겨 건네는 사람을, 감히 겉으로는 표현 못 하지만 속으로 응원한다. '인간미'라는 말도 좋아한다. 그런 성향의 사람을 설명할 수 있어서, 그런 사람을 응원하는 나의 성향을 설명할 수 있어서.

자기계발서 중에서는 게으름을 찬양하는 유를 좋아하고, 몇 년 전에는 로버트 루이스 스티븐슨의 『게으른 자를 위한 변명』을 기획했다. 이 책의 원제는 Virginibus Puerisque(젊은이들을 위하여)라는 라틴어지만, "젊은이는 게을러도 돼"라고 읽혔으면 해서 "게으른 자를 위한 변명"이라는 산문의 제목을 빼내어 소개한 것이다. 일을 잘하고 빈틈없이 바쁘다고 하는 사람이 일 외 모든 카테고리에 있어서 얼마나 지속적으로 소홀하고 무신경한지를 피력하는 이 책은 편집자에게 휴일의 마음을 선물했다.

당신은 부재중 전화라는 낱말의 공포를 아는지? 나는 안다. 전화벨은 나를 준비 안 된 상태로 무대에 올라가는 스탠드업 코미디언으로 만든다. 물론 한두 번은 떨다가도 세 번째 벨에는 틀림없이 응답한다. '책'의 탄생을 둘러싼 매 프로젝트에서 허브 역할을 맡도록 설계되어 있는 이가 편집자이므로. 부재중 전화를 보고 바로 통화를 누르지 않고 "바로 받지 못해 죄송합니다. 통화 편하신 시간이 있으실까요?"라고 메시지를 보내는 것은 부끄러운 나의 예절이다.

친애하는 카푸스 씨、 당신이 보내 준 편지를 답장도 없이 너무 오래 방치했군요。 답장 쓰는 걸 잊은 것이 아닙니다。 그 반대입니다。 당신의 편지는 다른 편지들 사이에서 발견하면 다시 읽게 되는 편지입니다。

라이너 마리아 릴케 지음, 강민경 옮김,『젊은 시인에게 보내는 편지』
(이상영 편집, 노경수 교정교열, 디자인이음, 2020), 43쪽

제목이 제 할 일을 한다. 책은 편지다. 그것은 덜 젊은 이에게서 더 젊은 이에게로 간다. 한 명은 좀 더 살았고 한 명은 갓 태어났다. 한 명은 살면서 겪은 것을, 겪지 못한 것을, 이룬 것을, 시도조차 못한 것을 다른 한 명에게 알려 주려 한다. 다른 한 명에게 아직 가능성이 많기 때문이다. 그에게는 이룰 것이, 실패할 것이, 시도 가능한 것이 아직 충분하다고 믿기 때문이다.

그런 데다 둘은 모두 시인이다. 시인인 지 오래인 시인과 맞지 않은 옷을 막 걸친 듯한 시인이지만, 이 넓은 세상에서 둘은 가장 중요한 것을 공유하는 사이다. 따로 일하고 따로 살아가지만 같은 꿈을 꾸고 같은 데 봉사하기에, 시차를 두고서도 같은 것을 도모하는 것이 가능하다. 시를 도모하는 이상, 둘은 만나지 않아도 된다. 따로 시를 쓰고 이따금 편지를 주고받는 것으로 충분하다. 꼭 지금 여기에서 서로를 구원하지 않더라도, 어쩌다 지금 여기에서는 서로를 못 본 체했더라도, 둘에게는 아직 기회가 있다. 오래도록 방치했어도, 아직 괜찮다.

나는 당신을 잊은 것이 아니기 때문이다. 당신의 편지는 다른 것들 사이에서 영원히 잠들어 있을 성격의 것이 아니기 때문이다. 발견하면 언제고 다시 읽게 되는 편지를, 내가 당신에게, 당신이 나에게 써 보낸다. 삶에 대한 당신의 아름다운 걱정을, 멀리 떨어진 곳에서 내가 읽고 가늠한다. 시차가 있기에 당신의 걱정이 벌써 사라졌을지도 모르겠다고 눈을 가늘게 뜨면서. 시차가 있기에 당신의 걱정은 벌써 아득하고 아름답다. 타인의 고통을 고요하게 삼키게 돕는 것은 이번에는 시가 아니고 편지다.

거참 신기하네! 간단한 수술을 예상하고 병원에
갔건만 수술이 또 다른 수술을 부르질 않나,
마취에서 깨어 보니 목에 달렸던 흉한 혹은 그
나마 사라졌지만 거기에 갑상선과 성대 한쪽마저
덤으로 사라져 있질 않나. 생각할수록 희한하단
말이야.

데이비드 스몰 지음, 이예원 옮김, 『바늘땀』
(미메시스, 2012), 184쪽

정기적으로 또 비정기적으로 글쓰기를 가르친 지 4년째다. 지금 쓰는 이 에세이는 정기적이라고 볼 수 있을까 혹은 비정기적이라 보는 게 맞을까. 요즘 가르치는 학생 중 하나가 글이 써지지 않는 것에 대해 글을 쓰고 있다. 그는 아름다운 노트 모으기를 즐기는 데, 그 수효가 세 자릿수에 가까워져서 꽤 그럴듯한 컬렉션이 됐다고 한다. 그가 노트를 좋아하는 까닭은 노트가 여백을 품고 있어서라고 한다. 백지이면서도 백지가 아닌 것, 엮여 있으면서도 책이 아닌 것, 그것에 언젠가 글을 적을 수 있다는 희망, 써 내려가지는 글이 왜곡 없이 자신을 지지해 주리라는 희망은 단돈 만 원보다는 훨씬 값지다고 그는 이야기한다. 그는 무엇이라도 적고 싶지만 쉽게 적을 수 없어서 고민하는 시간을 고통스레 즐긴다. 고통을 정면 돌파 하는 대신 조금 음미하다 망각하다 보면, 본인의 심정과 상태에 더 알맞은 노트가 눈에 띈다. 그렇게 글이 자랄 땅은 넓어져 가고, 글은 제대로 심긴 적이 없다. 그가 모은 노트는 평원이라기보다는 황무지에 가깝다.

글쓰기가 삶과 같다면. 간단한 수술을 예상하고 병원에 갔더니, 수술이 다른 수술을 부르듯 이어졌다면. 약속된 것보다 더 많은 것이 바뀐다면. 글쓰기는 쉬울 것인가. 생각할수록 희한한 삶보다, 글의 정체를 알기 쉽고 기대의 윤곽을 영 못 채우는 것은 우리가 글쓰기의 아마추어이기 때문일까, 아니면 삶의 전문가이기 때문일까. 아니면 그 반대일까.

물들은 차례차례 서로가 서로의 수원이므로。 그
렇게 하구에서 수원으로 강이 흐른다.

베노 바르나르 지음, 「내 안의 호수」(1986), 『아버지가 목소리를 잃었을 때』
(유디트 바니스텐달 지음, 이원경 옮김, 미메시스, 2013), 85쪽에서 재인용

내향적인지 외향적인지 물으면 답을 못 하겠다. 하루 대부분의 시간을 편집자는 직접 사람을 만나는 데가 아니라 글쓴이를 글로써 만나는 데 쓰기 때문이다. 1인분의 차를 끓이고, 1인용 테이블에 앉아서, ㄱ부터 ㅎ까지 ㅏ부터 ㅣ까지 키캡이 하나씩 있는 키보드를 두드리며, 한참을 가만 앉았다가 이따금 일어난다. 사운드가 없는 영화였다면, 필경 고독을 표현하는 장면으로 이해될 것이다.

그러나 앉은 순간부터 일어나기까지, 나는 누군가의 자취를 따르고자 노력했다. 눈에 보이는 자취는 물론이고, 담기지 않은 자취까지를. 하루 종일 그와 만났다. 한순간도 빼지 않고. 그러니 고독한 직업이라고는 말 못 하겠다.

처음 만난 사람의 목소리를 생경하게 듣다가, 몇 페이지, 몇십 페이지, 몇 날 며칠을 귀에 익히고 눈에 익히면서 적응해 간다. 이제 알겠다, 이런 사람이구나 싶은 순간을 원고는 기다렸다가 꼭 놀랜다. 『식스 센스』도 아니면서. 지나치게 익숙해하고 편안해하지는 말라고 그는 당부한다. 그러니 꽤 오래 함께 지냈는데도 도통 긴장을 풀 수 없는 편집자 입장에서는 조금 날이 서기도 한다. 면도날처럼 날카로운 펜촉으로(애플펜슬이지만) 교정 표시를 한다. 여백을 크게 확대하여 의구심을 가득 담은 메시지를 적어 두기도 한다. 이미 써진 원고에다, 마치 킥오프 미팅으로 돌아간 듯이 근본적인 논쟁을 꺼내 들기도 한다. 이러한 끊임없는 대치 상황 속에서 편집자는 혼자이지만 혼자인 적이 없다. 혼자서 흐른 적이 없다.

올해도 어느덧 입맛을 다시게 되는 계절로 접어 들었네요. 때는 11월 4일 오후 6시 3분으로 예정하고 있습니다.

사사키 마키 지음, 오고원 옮김, 『이상한 다과회』
(김미래 편집, goat, 2021), 5쪽

비일상이 일상이 된 여러 해를 보냈다. 사람을 만나면 지친다는 이야기나 '방구석'으로 시작하는 유행어 같은 건 옛일이 되었다. 랜선 너머로 잘 모르는 상대의 MBTI 타입까지 궁금해할 정도로 인류애는 회복된 게 아닐까. 물론 코로나19 직후는 각종 혐오 표현의 홍수가 터진 시기였고, 인권위의 의뢰로 '혐오표현 방지' 캠페인 슬로건 작업을 맡기도 했다. 감염병 아래서도 야속한 시간은 멈추지 않았고, 마스크를 쓰지 않고 차나 다과를 함께하는 풍경은 노스탤지어 가까워졌다.

감염병의 시대를 통과하며 나는 기억이 잘 안 나는 것, 회복하고 싶은 것, 그리운 것을 책으로 내고 싶어 하는 편집자라는 새로운 정체성을 얻었다. '읽고 싶다'의 백 배, '함께 읽고 싶다'의 열 배로 강한 '내 손으로 출판하고 싶다'의 목록에 사사키 마키의 『이상한 다과회』를 추가하게 된 건 순전히 팬데믹 덕분이다. 1973년 발표된 이 책에는 따뜻한 차 한잔을 함께하기 위해서 각자 어울리는 탈것을 타고 6시 3분에 모인다는 엉뚱한 이야기가 담겨 있다. 앞서 말한 인권위 캠페인의 키워드를 나는 '마주'라 제안했고, "저마다의 빛깔로"라는 태그를 덧붙였다. 다른 빛깔을 지닌 채로 서로를 들여다본다면, 혐오의 표현은 방해를 받는다. 이 복잡한 세상의 오랜 숙원인 '저마다인 채 함께'를, 사사키 마키는 코끼리, 비행기, 염소, 자전거를 타고 매년 먼 길을 달려와 맞는 재회의 기쁨으로 그렸다. 겨우 코코아 한잔을 함께 마시고 제자리로 돌아가는 소박한 행사는 "결코 잊을 수 없는 맛"을 혀와 뇌에 남긴다.

스플락눔 암풀라체움은 늪지에서 딱 한 곳에서
만 자란다. 바로 사슴 배설물 위다. 흰꼬리
사슴의 배설물. 그것도 이탄 위에 4주 동안
놓인 흰꼬리사슴 배설물。 시기는 7월이어야 한
다.

로빈월 키머러 지음, 하인해 옮김, 『이끼와 함께』
(김선미·김지수·임준호 편집, 눌와, 2020), 204쪽

045

한 생물은 다른 한 생물의 자취에서 자란다. 이 생물이 그 생물의 온기를 직접 느낄 필요는 없다, 자취만으로 충분하기에. 혹은 이렇게 말할 수도 있겠다. 그 생물이 직접 있어서는 안 된다고. 이 생물이 자라나는 데에는 그 생물의 자취만이 필요하다. 그가 있었다는 흔적만이.

이 생물은 알지 못하는 그 생물의 역사 속에서, 그 생물은 부지런히 움직였고 배웠고 여러 곳을 탐험했으며, 여러 곳에 머물고 여러 사건을 만나면서 갖가지 감정을 느꼈다. 그 생물이 그러는 과정에서 몸 밖으로부터 여러 물질이 들어왔으며, 그는 제 몸 안에서 그것들을 분해하고 합성했다. 놀라면서도 순리처럼 저에게 어울리는 그럴듯한 문장을 찾았고, 그의 가슴속에 만들어진 몇 가지 문장은 제 생에 필요한 에너지를 제공하고도 남음이 있었다. 그는 그렇게 남은 조금을 몸 밖으로 내보냈다.

다음 생물이 생명을 시작하는 데는 그 조금으로 충분했다. 생물인 지 오래지 않은 이 생물은 꼼지락거리면서 그 조금을 이해하려 노력한다. 이 작은 생물에게는 그 조금도 충분히 버겁다. 가볍지 않고, 우습지 않고, 질리지 않고, 늘 새롭고 어렵다. 겨우 눈에 띌 정도로 작은 이 편집자는 그 작가가 바깥으로 내보낸 것 위에서 생겨났다. 거기에서 한층 키가 크고 무거워질 것이다.

우리는 작품의 아름다움에 매혹당하기를 원하지
만、 동시에 그 아름다움의 비밀을 알고 싶다
는 모순된 욕망을 품는다。

최성민·최슬기 지음, 『누가 화이트 큐브를 두려워하랴』
(워크룸 편집, 작업실유령, 2022), 98쪽

편집 일을 시작한 지 얼마 되지 않았을 때 나의 세속적인 욕망은 작고 분명했다. 흠모하던 작가에게 연락해서 그의 조력자이자 벗이 되어야지. 한 사람에게 충성하지는 못했어도 뭇 작가들에게 경의를 표하며 왓슨으로 지내는 생활에는 작고 분명하며 세속적인 보람이 있었다.

그러다 이미 '저자'인 사람과 친해지기보다 친한 사람을 '저자'로 둔갑시키는 마술사 역할에 흥미가 생겼다. 물론 이 사람에게는 무궁무진한 가능성이 있고(실은 모든 인간이 그러하다) 두꺼비 외관을 한 왕족을 원래대로 되돌려 놓는 일일지라도, 직접 덩크를 내리꽂는 것보다 데뷔전의 첫 골을 어시스트하는 것의 은근한 재미를 안 것이었다. 전업 작가가 아닌 사람의 글은 모종의 고백처럼 느껴졌고, 아직 프린트되지 않은 고백을 일찍 엿본다는 것, 아니 엿보는 것을 넘어 그 고백을 이끌어 낸다는 것은 확실히 드문 경험이었다.

세월이 다는 아니지만, 시간을 통과해 오는 사이에 나에게는 이러저러한 변화가 생겼다. 다만 요즘도 타인에게 자주 매혹당하고 타인에게 말을 걸고 싶어진다. 간혹 진짜로 말을 건다. 그의 비밀까지 알아낼 필요는 없다고 호흡을 가다듬으면서.

자、 그러면 어떤 사람들이 디자이너를 찾아올까
요?

이기준 지음, 『저, 죄송한데요』
(김미래 편집, 민음사, 2016), 11쪽

047

"최종 데이터이니까 이것을 앉혀 주시면 돼요."

디자이너에게 곧잘 하는 주문이다. 디자인 입지 않은 날것의 텍스트를 디자인에 맞게 흘려 달라는 내용이다. 이제까지는 선배들이 하는 대로 발음만 흉내 냈는데 문득 상황을 떠올리고 나서 '앉히다'라고 문자 그대로를 써 버리고 나니 너무나 어색해 보이는 것을 이제 알았다. 혹시 '얹히다'를 잘못 들었을까. 무릎 위도 아닌데 '앉히다'라는 표현은 엉뚱하기도 하고 너무 귀엽다 싶어서 이번엔 '얹히다'라고 상황을 정정해 본다. 선배, 이것이 최종 데이터이니까 얹혀 주시면 돼요. 하지만 '얹히다'라니? 얼렁뚱땅 해치워 버린 음식처럼, 눈치 없이 신혼부부 형네 집에 신셀 지는 아우처럼, 얹히지는 않았으면 하는 마음이 된다. 내 원고니까.

그래, '안치다'는 어때요? 시루에 떡을 그러듯이, 솥에 고구마를 그러듯이, 저녁때가 되어 쌀을 그러듯이, 이 원고를 안쳐 주세요, 디자이너님. 솥에 넣고 팔팔 끓여서 이 재료를 익혀 주세요. 그래서 시고 떫은 맛이 나는 이 글들을 먹음직스럽게 변화시켜 주세요. 그렇게 되면 저도 한시름 놓을 수 있겠어요. 한시름 덜 수 있겠어요.

우리 직업은、 아마 언뜻 보기에는 비슷해도 실은 전혀 비슷하지 않은 점이 너무 많은 탓이겠지만、 필요 이상으로 경찰의 반감을 사는 경향이 있다。

아베 코보 지음, 이영미 옮김, 『불타 버린 지도』
(박신양·오하나·임선영·오동규 편집, 문학동네, 2013), 116쪽

048

동호회원:	농구, 좋아하세요?
편집자:	네, 잘하지는 못하지만 좋아해요.
동호회원:	여기 부담 줄 사람 없으니 편한 마음으로 뛰세요. 어떤 분야에서 일하시는데요?
편집자:	책 만들어요. 편집자거든요.
동호회원:	아, 글 쓰시는군요? 여기도 글 쓰는 분 몇 분 있어요. 자기 책 낸 사람도 있고.
편집자:	……네, 비슷해요! 반갑습니다.

발췌한 문장의 화자는 경찰과 비슷한 일을 하고 경찰로 자주 오해받는 사설탐정이다.

글을 쓰는 데다 자기 책을 낸 편집자의 미래를 주셔서 고맙습니다. 그간 자기소개를 하려면 꽤 고달팠어요.

후원자들이 후원을 통해 받아 볼 선물에 대해
정확히 알 수 있다면 더욱 쉽게 후원을 결정할
수 있습니다.

텀블벅 웹사이트(tumblbug.com)

상품 제작을 위해 미리 온라인상에서 개인 다수로부터 자금을 모으는 일을 크라우드펀딩이라고 부른다. 시작한 지 얼마 안 된 벤처나 개인이 주로 받기 때문에 엔젤 투자나 시리즈 투자와 비슷한가 싶지만 크라우드라는 말이 보여 주듯 대중, 즉 공감한 개인들이 직접 돕는다는 점이 다르다. 2000년대 말 인디고고와 킥스타터 서비스가 나란히 등장하면서, 제작되기도 전에 제품을 구매하는 '얼리 어답터'와 크라우드펀딩 문화가 연동되는 건 순식간이었다.

가끔 독립출판사를 운영하는 자영업자로서 연사가 될 기회를 얻는다. 처음에는 공중 앞에서 이야기하는 것이 쑥스러워서 곧잘 거절하다가, 요즘은 용기를 낸다. 우리가 만든 책을 사 주고 읽어 주는 소위 엔드유저를 내 눈으로 보고 그들의 분위기를 감지하고 싶어서다. 이런 자리에 가면 필연적으로 Q&A 시간이 주어진다. 가장 자주 듣는 질문은 "어떻게 출판이라는 사업을 시작할 수 있나요? 자금을 어디서 구하죠?"이고 두 번째로 듣는 질문은 "크라우드펀딩이나 지원 사업 없이 운영 자금을 마련하는 방법은 무엇인가요?"다.

"책은 흔히 마음의 양식이라고 비유되는데요. 우리가 영양을 섭취하기 위해 먹거리를 살 때 돈을 지불하듯, 독자는 정가를 주고 책을 삽니다. 그러니 출판사를 운영하는 것을 작은 치킨집과 비교해도 무리는 아닐 거예요. 맛있게 닭을 요리할 수 있고, 이 맛있는 닭 요리를 기꺼이 사 먹을 만한 사람들이 기대될 때, 우리는 닭을 삽니다. 놀랍게도 많은 서비스 덕분에 우리의 의지와 역량을 전달만 하면, 잠재적인 닭튀김에 돈을 미리 내는 사람들을 만날 수 있게 되었어요. 그치만 잠재적인 닭튀김을 위해서는 실재하는 닭이 있어야 해요."

상황에 맞게 참고하시길 바랍니다.

열린책들 편집부 엮음, 『열린책들 편집 매뉴얼 2018』
(열린책들, 2018), 15쪽

편집 실무자들이 지침으로 삼을 만한 책이 거의 없다고 느낀 한 출판사의 편집자들은 자체적으로 진행해 오던 실무 세미나의 결과물을 엮어 공중에 선보일 결심을 했다. "처음부터 책으로 묶어 낼 생각"은 없었기에 이들은 읽는 사람에게 두 가지를 당부했다. (1) 상황에 맞게 참고할 것과 (2) 발견한 문제점을 바로잡아 줄 것. 세월이 쌓이며 이 책의 판매 부수는 네 자릿수에 이르렀고, 이곳의 후배 편집자들은 두 가지 당부에 수년마다 응답하고 있다. 처음 이 책을 엮었던 해에서 10년쯤 지난해에 편집자들은 쓴다.

"매뉴얼은 사용자가 다른 수고 없이 곧이곧대로 받아들이면 되는 정보를 주기 위해 노력합니다. 그러나 한편으로는 매뉴얼이 예측하지 못한 곳에서 사용자가 자기 판단으로 활용할 수밖에 없는 부분이 생기게 마련이라는 것도 알고 있습니다. 그래서 이 매뉴얼 초판 머리말에는 '상황에 맞게 참고하시길 바랍니다'라는 당부의 말이 실려 있었나 봅니다."

이들에게는 이 매뉴얼 자체가 '상황'이 된다. 그리고 이들의 발견은 결코 우연한 것이 아니게 된다.

끝으로 모러스에게 이 책을 바친다。 그의 응원、 인내、 유머、 그리고 사랑이 없었다면 이 책을 쓸 수 없었을 것이다。

캐시 박 홍 지음, 노시내 옮김, 『마이너 필링스』
(서성진·전은재·박정현 편집, 마티, 2021)

051

책의 첫머리에 쓰인 헌사를 좋아한다. 음식을, 돈을, 제물을, 살진 송아지를 바치듯이, 책을 바친다. 음식을 먹을 수 없는, 돈을 쓸 수 없는, 송아지를 요리할 수 없는, 제물을 만질 수 없는 이에게 바쳐지듯이 책이 바쳐진다. 왜냐하면 모러스가 그 책을 쓰라고 강요했을 리 만무하고, 모러스 한 사람만 읽을 책이라고 볼 근거가 없으며, 모러스는 캐시 박 홍의 글쓰기를 오히려 오래 '인내'해야 했던 사람이었으니까. 책을 읽을 수 있고 책이 요긴한 이들, 즉 책을 주문한 편집자나 독자에게가 아니라, 가족에게, 연인에게, 이미 돌아가신 어머니에게 책을 바친다. 독립투사가 나라에, 학자가 학문에, 시인이 시에 자기를 바치듯이.

실제에 근거하고 있지 않은 이 소설. 그 속에 등장하는 이름, 인물, 장소와 줄거리 모두 철저히 작가가 자유롭게 창조한 것이며, 실제 시간이나 장소, 또는 살아 있든 세상을 떠났든 간에 실존 인물들과 어떤 유사성이 있다면 그것은 순전히 우연이라고 선을 긋는 한 작가. 아무리 정교하게, 아무리 순전하게 상상하고 구축한 세계를 지니고 있더라도 이 작가는 헌사를 쓰는 이 순간에도 누군가와 관계 맺고 있으며, 땅에서 발을 떨어뜨린 적은 한 번도 없다는 사실. 그에게 한 사람만 없었어도 이 책은 이 세상에 존재하지 않았을 것이라는 가정법. 그러나 그에게 한 사람도 없는 생이 주어졌을 리 없다는 타당한 추측. 생의 증명이 되는 책. 그것은 여지없이 숭고하다.

멀티플렉스는 상영관의 개수만큼 영화를 동시에 상영할 수 있다. 이것은 여러 지역에 흩어져 있는 단관 영화관을 한 공간에 모아 놓은 것 같은 효과를 발휘했다.

이화배 지음, 『영화는 배급이다』
(커뮤니케이션북스, 2020), 68쪽

"만화 전문 출판사인 줄 알았는데 영화 각본집이 나왔을 때는 충격이었어요." 지인이 몇 년 전 우리 출판사의 동향을 보고 건넨 얘기였다. 2015년 단편소설 시리즈를 소개하며 출판사를 시작했지만, 회사까지 관두고 본격적으로 펴내기 시작한 것은 만화 장르였고 그 또렷한 색상을 3년 넘게 유지하다가 소설, 영화, 음악, 동화 할 것 없이 다양한 관심사를 이제는 눈치 보지 않고 타이틀로 쏟아내고 있다.

보통 규모와 덩치가 작은 조직, 그러니까 1인 팀에는 보통 '장인정신'이라는 기대가 씌워지곤 한다. 씌워진다고 표현했지만 팀원 자신도 자유롭지 않다. 수많은 기회를 '배제'한 선택에서 진정성을 보는 것은, 우리 중 누구도 이곳에 있으면서 저곳에 있을 수 없기 때문이다. 몸을 구성하는 훈련의 기초부터 뜯어고치고 생활 면면까지 송두리째 쏟아 부었던 마이클 조던의 야구가 한때의 방황으로 표현되듯이.

그러나 삶과 일이 분리된 느낌에 괴로워했던 초년생 시기를 복기해 보면, 합해지고 뒤엉키며 섞이고 서로 영향을 주는 지금의 멀티플렉스 편집자 생활이 즐겁다. 문인 아닌 사람이 쓰는 문학은, 선수 아닌 사람이 뛰는 동호회 경기는 즐겁다. 언뜻 외길로 보이는 그 사람의 정수리에서는 새로운 가르마가 언제나 숨어 있다.

참으로 깊이 생각하는 정신이 아무것도 허투루 말하지 않으리라는 인상을 받은 독자는 기다린다。 그 정신의 깊이를 경외하면서、 언젠가는 답변이 나오리라고 기다린다。

마사 누스바움 지음, 박준호·신우승 옮김, 『패러디를 말하는 선생』
(신우승 편집, 전기가오리, 2002), 14쪽

한 저널에서 매년 선보이는 '나쁜 글쓰기 대회'라는 것이 있다. 마사 누스바움의 글을 통해 2011년 대상 수상자가 주디스 버틀러라는 사실을 알았다. 초록은 동색이라고, 나는 버틀러보다는 버틀러의 편집자를 걱정한다. 이 이야기를 주변에 들려준다면

"그럼 편집자의 이름도 수상자 옆에 올려야지?"

이렇게 말하는 사람 열에 아홉은 편집자일 거다. 왜냐하면 우리들 대부분은 존재가 감추어진 적이 많았고, 설령 편집자의 존재를 잘 아는 이를 만나도 그가 우리를 '글쓰기'의 영역 안에 들여준 경험은 많지 않기 때문이다. 그러나 한편으로는

"그 공(어쨌거나 수상이므로)을 편집자에게 돌리는 게 말이 돼?" 하고 반문하는 이들 역시 열에 아홉은 편집자다. 왜냐하면 내가 즐겨 읽는 한 출판사는 책에 쓰인 용지와 글자체까지 명백히 밝히면서도 내용에 조금이나마 관여한 교정자는커녕 기획자나 책임편집자의 이름도 밝히지 않기 때문이다. 왜냐하면 내가 좋아하는 한 출판사는 편집자를 독자의 잠재적인 뭇매에서 보호하기 위하여 편집자의 이름을 일체 쓰지 않으며 발행인의 이름만 무겁게 남긴다고 말하기 때문이다. 이는 발행인은 책임의 주체가 될 수 있는 고용인이고, 편집자는 책임과 보호의 대상이 되는 피고용인임을 분명히 밝힌다. 한 편집자의 기획 혹은 편집의 행위, 더 거슬러 올라가서는 그의 생각이 독자를 화나게 할 수도 있음을, 사회를 놀랠 수도 있음을, 시대를 바꿀 수도 있음을 밝히기도 전에.

다음 문장에서 생략할 수 있는 부분을 지적하여라. 생략할 수 있는 부분이 없으면 ×표를 하여라.

편집부 지음, 『성문기초영어』
(성문출판사, 2022), 91쪽

10대 시절에는 무엇이든 하나의 실로 이야기할 수 있는 어른이 부러웠다. 인간 삶의 모든 요소를 하나의 메타포로 설명해 낼 정도로, 고유한 세계를 '발견'하고 거기 '적응'해 낸 사람이. 고집을 쇠심줄로, 굽은 산세를 농기구로 표현하는 농부가. 순리를 머릿결로, 성격을 질감으로 표현하는 미용사가 되어 보고 싶었다.

그러다 모든 것을 '책'으로 설명하기 좋아하는 인물이 된 것이다. 언어라는 것을 양태가 아니라 골조로 보고, 집을 짓듯 혹은 설계도면을 읽듯 직선적으로 취급해도 이상하지 않은. 마치 『성문영어』를 의인화한 것 같은 인물이. 잡을 수 없는 정체의 자취를 잡고 마는, 잡은 뒤에는 매만진다고 하는 미묘하고도 과감한 행위를 매일같이 하는 편집자로서는, 이 행위에 법칙과 법도가 있다고 믿는 편이 신간 편하다. 『성문영어』의 세계에서는 수식하는 이들이 수식받는 이들을 위해 존재한다. 다르게 말하면 수식받는 이들의 존재를 위해 비존재하는 수식자들을 건너뛰며 독서하는 것이 이해의 속도를 높인다고 말한다. 독해讀解. 글을 읽으면 뜻을 이해할 수 있다는 말이다. 그렇다면 글을 읽어도 이해되지 않는 뜻은? 행과 행 사이行間는? 글자와 글자 사이字間는? 그 '사이'들에 숨은 뜻은 누가 읽나? 읽히기 전에 누가 그 울퉁불퉁한 표면을 다듬나?

언젠가 시스템을 자유롭게 오가며 편법을 휘두르는 카우보이들의 활약을 관찰하고 기록하는 언어학자가 되어 보고 싶다. 글자와 글자, 행과 행 사이의 여백을 만지는 디자이너가 되어 보고 싶다. 그럼에도 아무것도 이해할 수 없다고 고백하는, 누군가를 알기 위해 그리고 결과적으로는 모르기 위해 사력을 다한 저자가 되어 보고 싶다.

다음 제2권을 기대하세요!

타카하시 루미코 지음, 『도레미 하우스 ①』
(서울문화사, 1995)

"어째서 '도레미 하우스'라고 소개하신 거예요?" 나는 묻는다. 다카하시 루미코가 1980년부터 연재한 이 작품은 서울문화사에서 1996년 '도레미 하우스'란 제목으로 소개되었다. 그러다 절판됐고, 전설의 명작 지위를 얻었다. 그러다 많은 사람에게 잊혔고, 그럼에도 적지 않은 사람이 잊지 않아서, 2019년부터 '메종일각'이라는 원제대로 나오고 있다. 인터넷에는 "『도레미 하우스』를 읽은 사람은 『메종일각』을 읽은 적 없는 셈"이라는 번역 혹평도 있지만, 1980-1990년대 따끈따끈한 화제의 만화를 수입하고 번역하고 소개한 선배를 나는 부럽고 신기한 눈으로 쳐다본다. 뉘앙스를 짐작도 할 수 없는 '메종일각' 대신 장르는 물론 기본 얼개까지 환기하는 '도레미 하우스'라는 창작은 '사랑도 통역이 되나요 Lost in Translation'라는 영화 제목만큼이나 힘센 향수를 불러일으킨다고 생각한다. 오래도록 죽지 않는 우리들의 애정은, 한두 사람의 무모한 결단에서 나오나 보다 생각한다.

다행히도 가끔 하찮은 역사가 적힌다. 책이라는 제품의 끄트머리에 적힌 몇 개의 이름들. 이 책에 관여하고 기여한 사람들. 물론 이 책(『메종일각』)은 저 책(『도레미 하우스』)과 같되 같지 않아서 둘은 다른 이름들을 기록한다. 다만 이 다른 이름들을 연결할 수 있는 정보는 놀랍게도 적히지 않고도 내 앞에 당도했고, 나는 이를 놓치지 않으려고 한다.

우리는 여기서 우리의 글을 위해 삽화가 될 어떠한 복제물도 제시하지 않고 있다。 왜냐하면 여기에서 우리 각자가 많든 적든 기억과 감동、또는 지각을 공유하고 있는 위대한 영화들의 삽화가 되고자 하는 것은 오히려 우리의 글이기 때문이다。

질 들뢰즈 지음, 유진상 옮김, 『시네마 I: 운동-이미지』
(김소연 편집, 시각과 언어, 2002), 8쪽

아주 위대한 통찰이 있고, 그것을 구체화하여 기록하는 물리적인 정성과 운동이 있다. 그것들이 있기 전에 우선은 한 사람의 순전한 감동과 지각이 있다. 영화를 분석하고 영화론을 내놓기 전에 몇 편의 영화를 위대하게 올려다보는 철학자가 있는 식으로. 이 사람은 스스로 삽화가 되고자 하므로, 영화의 장면이 많은 것을 설명해 줄 텐데도 본인의 책에 위대한 영화를 정지되고 잘린 부속으로서 포함하지 않고자 한다. 이것은 내가 이 책에서 발견한 첫 번째 겸손함이다.

이 책의 옮긴이는 plan이란 단어를 우리말로 옮기기를 포기하고 '쁠랑'이라고 읽고 만다. 쇼트라는 먼젓번(다른 들뢰즈 역자)의 번역을 따르지 않았고, '면'이라는 자신의 발명품도 포기했다. 무척 불편하지만 불편을 이유로 본래 의미에 접근하기를 포기하지는 않는다면서. 그러면서 옮긴이는 후일 다른 역자와 추후 독자 제위의 등장에 기대를 비친다. 이것이 내가 이 책에서 발견한 두 번째 겸손함이다.

우리는 실은 지금 여기에 있는 사람과만 말을 나눌 수 있는 것이 아니다. 그때 거기에 있던 사람과 아주 자주 대화한다. 글쓴이가 영화에 대해 쓰던 시점, 그 영화는 이미 책에 앞서 완료된 것이었고, 그는 과거에게 말을 건 셈이다. 그는 이 책을 삽화로 바쳤다. 그런데 생소한 나라의 말로 옮겨지며, 옮긴이는 같은 책으로써 다른 역할을 지닌 다른 세대를 호출한다. 그때 거기를 지금 여기로 삼을 수 있는 순간이 나 같은 사람에게 주어진 것은 그 덕분이다. 나 같은 사람의 새벽에 전해져 새로운 생각을 불어넣고, 겸손한 태도를 가르쳐 주는 삽화는 위대하다.

마일스:　　　혹시 안 맞으면 환불할 수 있나요?

상점 주인:　이 옷은 누구에게나 다 맞는단다.

　　　　　　결국에는。

필 로드·로드니 로스먼 각본, 「스파이더맨 뉴 유니버스」(2018)

어떻게 살고 계신지 궁금해요. 지금 같아선 하루이틀은 말할 것도 없고 1-2년 뒤에도 큰일은 없을 것 같이 느껴지거든요. 그런데 30년 뒤라고 생각하니 좀 아득해요. 우리는 여전히 공통점을 가지고 있을까, 단번에 서로를 알아볼 수 있을까, 무언가를 줄 수 있을까, 아니 서로에게 무언가일 수 있을까. 물론 당신에게 배울 것이 있겠지요. 일흔 살의 당신이 거대한 도서관까지는 못 되어도 나이테가 촘촘한 아름드리나무쯤 된다면, 당신은 내게 부러지지 않는 법을 일러 주고 싶을 거예요. 당신 눈에 내가 부서지기 쉬워 보인다면……. 하지만 오늘은 제가 당신을 가르쳐 보려고 해요. 왜냐면 저는 최근 몇 해 동안 많은 것을 잃어 보았거든요. 계속 잃는 중일 테니 나보다 더 가난할 당신에게 나는 내가 가진 것을 자랑하려고요. 나는 갖고 있고 당신은 가지지 않는 것, 무엇부터 이야기하면 좋을까요. 쉽게는 근육이겠지요. 나는 잘 버티는 편입니다. 물구나무를 설 수도 있고, 열 시간을 내리 걸어 여행하기도 해요. 아직은 비위가 좋은 편이고 근성도…… 아직이란 표현이 썩 자신 있게 들린다면 죄송해요. 둘째로는 더 어린 기억들이에요. 아마 내가 가진 보물 중 몇 개는 이미 당신의 깊은 우물에 들어가서 다시는 퍼 올려지지 않겠지요. 아주 어린 시절의 기억은 뭐든 배우던 일로 가득합니다. 빠르게 익혀서 어른들을 놀랬던 기억이에요. 지금은 무엇이든 느리게 배워서 오히려 내 또래의 어른들을 놀랩니다. 돌도 안 돼서 사방을 뛰어다니던 내가 지금은 모든 길을 조심성 있게 걷고 스스로의 팔과 다리와 어깨가 흔들리는 것을 죄 느끼는 식이지요. 당신은 어떤가요. 배우는 사람인가요. 얼마나 빨리 배우는 사람인가요. 나의 스승들은 당신이 사는 곳에서도 만나지나요? 당신은 순식간에 나를 만날 텐데 나는 당신을 만나려면 아직 한참 남았네요.

태어나고 싶지 않아서 태어나지 않은 아이가 있
었습니다。

사노 요코 지음, 황진희 옮김, 『태어난 아이』
(심상진·최옥경 편집, 거북이북스, 2016), 3쪽

058

엄마 눈에 나의 자세는 고등학생 때부터 줄곧 같다. 고개는 약간 숙이고 작은 활자를 보고 있으며 허리는 되도록 펴려고 하다 보니 보는 사람까지 긴장이 된단다. 엄마 눈에 입시에서 끝나야 했을 작은 글자 고개 숙여 읽기는 내 작업의 상징적 운동으로 굳건히 자리 잡았고 나는 15년이 지나도 같은 자세를 유지하고 있다.

한편으로 상징적인 공부 역시 지속되고 있다. 일종의 수업료를 치르는 공부를 해 나간다. 알고 싶은 마음, 연결되고자 하는 바람, 이해하려는 욕심, 타인과 현상에 대한 호기심에 따른 한국어판 출판권 로열티를 지불한다. 거기에 다음과 같은 물리적 운동을 쏟아붓는다. 네다섯 번 자세히 읽기. 먼저 읽은 바 공유하기. 나의 공부가 많은 사람에게 가닿지는 않는다. 내 공부가 이제 3000명에게 닿았다고 자랑하자 다른 출판사 선배는 걱정의 눈길로 바라보았다. 겨우 3000명? 그걸로 유지가 되겠어? 선배의 걱정은 학창 시절 우리 엄마의 그것처럼 계속된다. 엄마는 "건강하게만 자라다오"라고 말했지만 그 건강에는 수백 가지 측면이 있었고, 나는 건강하다고 자부했지만 엄마 눈에는 연약해 보였고, 두 사람 모두 맞거나 두 사람 모두 틀렸다. 개인적으로 하는 공부가 3000명에게 닿았고 그들 역시 공부를 더하고 생각을 부어 이만한 눈덩이가 되었는데, 이만하면 꽤 영향력 있는 공부가 아닌가요. 나는 선배에게 반박하지만 선배는 고개를 젓는다.

청중: 좋아하는 걸로 먹고살 수 있나요?

나: 그보다 먼저 묻고 싶은 게 있어요.

먹고사는 것만으로 좋을 수 있나요?

SBI(서울북인스티튜드) 강연에서

059

길을 걷다가 제각각 생긴 화분이, 제각각 생긴 녹색 생물을 한 껏 받쳐 주며 옹기종기 두런두런 앉아 있는 가게를 보면 신이 난다. 화분 몇 개는 노면에 무심히 놓였고 줄기나 가지도 멋대로 땅에 늘어졌다. 바깥만 그런 것이 아니라 통유리창 안쪽도 화분으로 빽빽하다. 이 생물들로 하여금 생명력을 이끌어 내 주고 거리에 활기를 더해 주는 사람은 과연 꽃집의 주인일까? 꽃집일 리 없다. 그들은 대개 파리 날리는 구멍가게, 약국, 철물점이다. 본업에서는 그렇다 할 성과를 내지 못하고 있는 포이즌아이비들이 그런 가게의 주인이다.

많은 이들이 용도를 벗어난 건물을 스쳐 지나친다. 하지만 과연 진실은 그와 같지 않다. 한 사람의 본업은 하나의 카테고리만을 지칭하지 않는다. 그는 이런 질병에 관심이 가서 혹은 이런 쪽 공부에 소질이 있어서 약사가 되었고, 그는 공구 중에서도 내리치는 것보다는 끼우고 조이는 철물 위주로 구비해 두었고, 그는 2+1 정책에 반기를 들며 자신만의 가게를 운영한다. 그런 사람들이기에 한 명은 덩굴류를, 한 명은 난을, 한 명은 과실수를 기른다. 그런 사람들의, 아니 사실상 모든 사람의 관심사는 방만하게 퍼져 나가는 것이 아니라 그라는 한 사람의 프리즘으로 성실하게 응집되며 그는 그의 사업을 그의 생활에 맞게 잘 운영한다. 내게는 출판이라는 것이 그렇다. 맛있는 음식이 세상에 정말 많고, 정해진 레시피를 수행하는 사람이 부지기수고, 나는 그 식당들을 잘 이용하지만, 하루는 내가 좋아하는 재료로 만들어 요리랍시고 내어 보고 싶어진다. 내 입에 만족스러우니 주변에도 권한다. 그렇게 소비자에서 생산자로, 아마추어에서 프로로 우리는 흘러간다. 우리의 컵엔 물이 반밖에 들지 않았지만, 계속 차오를 컵이므로 이 분량은 전혀 문제가 되지 않는다.

"수영장 계속 가야 된다。"
"네、 네、 알았어요。"

바스티앙 비베스 지음, 그레고리 림펜스 · 이혜정 옮김, 『염소의 맛』
(이혜정 편집, 미메시스, 2010), 20쪽

060

결이라는 말을 싫어한다. 누군가가 결이라는 낱말을 꺼낼 때는, 자신의 취향이나 가치관을 돋보이게 하거나, 나아가 그것과 맞지 않는 타인에 대한 묘사로 이어지곤 하기에. 내가 다니던 회사의 옆 부서 선배는 신입이 들어오면 공용 간식을 사 오게 시켰다. 한 정된 자원으로 어떤 디저트를 구해 오는가, 팀의 활력을 북돋아 줄 간식을 고르는 결정력이 있는가 하는 문제는 물론 중요한 것 이다. 그러나 그 결과, 한 명은 5만 원이라는 간식비로 고디바의 초콜릿 15구짜리 한 세트를 사 왔고, 다른 한 명은 오예스와 몽쉘, 노래방용 새우깡을 사 왔는데, 그 둘은 전혀 다른 이유로 그 팀장 과 결이 맞지 않았고, 이 간식 심부름 에피소드는 모든 직원이 아 는 밈이 되었다. "아, 그 고디바 사 왔다는 사람이지? 어쩐지." "아, 그 싸구려 간식만 잔뜩 사 왔다는 친구? 어쩐지."

　오래도록 결을 의식적으로 잊고 지내던 나는, 본격적으로 배 운 수영을 통해 결을 촉각적으로 인식해 본다. 물에는 결이 있고 나는 결을 자주 거스른다. 수영이란 운동에 익숙해지면 익숙해질 수록 물의 결에 함께하게 된다. 첫 달은 힘을 잔뜩 줘서 관절이 아 프고 몸무게가 빠진다. 두 번째 달부터는 요령이 생겨 숨이 덜 차 고 처음 몸을 담글 때의 수온도 적대적이지 않다. 그러다 조금 더 속도를 내기 위해 팔을 더 내밀고 조금 더 추진력을 내기 위해 물 의 결을 의식적으로 거스른다. 몸이 편한 방향이 아니라 몸이 잠 깐 불편하도록 통제하면서 물에게 도움을 청한다. 그러므로 그의 결을 거스를 때에도 실은 커다란 관점에서 나는 그의 결에 나를 맞추고 있는 셈이다. 혹은 기다란 나의 생이란 관점에서 나는 나 의 결에 그를 맞추고 있다. 나아가거나 머무르려고.

낚시를 할 때면 어찌 된 영문인지 시간이 우리에게서 멀어지곤 한다. 그러면서도 낚시를 할 때면 어찌 된 영문인지 시간이 멈추곤 한다.

레이 맥매너스 지음, 「둑을 지나」, 『우아하고 커다랗고 완벽한 곡선』,
(김솔지 편집, 현암사, 2020), 236쪽

어렸을 때 잠깐 피아노를 배운 적 있다. 잠깐이라고는 해도 7년간 일주일에 다섯 번씩 배웠으니까 실은 잠깐이 아니다. 지금은 녹슨 실력에 대한 방어적 표현이랄까.

"피아니스트가 되고 싶니?"

피아노 학원 원장님이 물으셨을 때 고개를 절레절레 했다. 텔레비전에서 다룬 피아니스트 다큐멘터리를 보니 "피아노는 엉덩이로 치는 것이고, 악기를 연주하는 것은 창조가 아니라 운동, 그것도 훈련에 가까운 운동입니다"라고 소개되었던 것이다. 순발력과 운동신경은 좀 있지만 지구력은 제로였고 원하던 것도 아니었으니 일찌감치 간두었다.

지구력 약한 나는 책도 항상 몇 쪽만 읽었다. 지루해지면 간두었다. 그러다 재밌는 책을 만나면 다 읽어 '치우는' 자신이 신기했다. 어떤 문학은 좋아서 원문으로 읽고 싶어졌고, 영어와 불어, 일본어도 공부했다. 모두 모국어적 뉘앙스까지 얻는 데는 실패했지만. 고3처럼 빨간 펜으로 밑줄을 긋고 별표를 치며 여러 가지 메모를 한다. 외국어로 된 책을 펼치고 씨름한다. 고3병이 나을 리 없다면서 엄마는 말한다.

"그렇게 엉덩이로 할 거였으면 계속 피아노를 치지 그랬어."

우리에게 뭔가 문제가 있는 걸까?

최규석 지음, 『습지생태보고서』
(김영진 · 김재현 편집, 거북이북스, 2005), 249쪽

062

편집자: 그분은 디자이너같이 안 보였어요, 첫인상을
          잘 맞히는 편인데도요.

디자이너: 디자이너는 어떻게 생겼는데요?

편집자: 글쎄요, 그걸 설명할 수 있었다면 '같이'라는 표
          현을 쓰지 않았겠죠?

디자이너: 사람들 참 재밌어요, 어떤 사람은 천생 디자이
          너다, 어떤 사람은 디자이너같이 안 보인다. 도
          대체 뭘 보고 그런 말을 하는 걸까요?

편집자: !

디자이너: 그건 그렇고, 당신은 누가 봐도 딱 편집자예요.
          첫눈에 알았다니까요.

편집자: ?

나는 삭제도 교정도 하지 않습니다。 무엇 때
문에 교정이나 좋은 문체가 필요하겠습니까?

프리드리히 뒤렌마트 지음, 김인순 옮김, 『법』
(솔출판사, 1996), 147쪽

063

하루는 선배가 이야기한다. "요즘 친구들은, 이게 편견인지도 모르지만 그래, 요즘 친구들은 교정교열의 중요성을 몰라. 그게 얼마나 중요한지 일찍 알아야 하는데, 편집자 인생의 초반에 다져 놓지 않으면 나중에는 얼마나 바로잡기 힘든지도. 엉성하게 생긴 폼은 백지만 못하다는 것도."

나는 다른 의견을 제시한다. "가장 중요한 걸 배우고 싶어 해요. 어린이들은 잔인할 정도로 영리하거든요! 어린이였던 선배가 저거 진짜 중요해 보여, 다 배울 거야 했던 게 윤문이었듯이요. 제가 어린이였을 때는 반반이었어요. '이 팀'에서는 아주 중요한 것 같은데 '저 팀'에서는 중요하게 생각하지 않는 것 같았죠. 선택의 순간이 주어졌을 때 저는 '이 팀'을 골랐어요. '이 팀'은 저자는 신이 정해 준다고 믿는 팀이었고, '저 팀'은 저자는 우리가 만든다고 믿는 팀이었는데, 저는 인간보다는 신의 문장이 읽고 싶었거든요. 그러다 10년이 훌쩍 흘렀고 '이 팀'은 어쩐지 자취를 찾아보기 어렵게 됐어요. 크고 오래된 출판사 문턱에 들어서면 맡아지던 '이 팀'이 중요하다고 말해 주는 공기가 사라졌어요.

이때 입사한 친구를 선밴 만난 거예요. '이 팀'과 '저 팀'의 선택지가 없어진 친구는 자기가 중요하다고 믿는 것을 증명해야 해요. 선배는 도대체 왜 재밌는지 모르겠는 유튜브를 보고 그 친구는 웃고, 그 폭소를 동아줄로 삼는 경영진이 있잖아요. 웃는 사람이 편집해야죠, 그 유튜버의 책은. 은어, 비문, 잘못된 발음, 독특한 말버릇은 모두 저자의 개인성에 바탕하므로 맞춤법과 표기법에 예외를 둔다고 '일러두기'에 적으면 그만이고요."

빌라니 집에 노크를 했지만 대답이 없었다. 그
의 두통은 심해지고 있었다. 그는 눈살을 찌
푸렸다. 그리고 절망적인 기분으로 문을 두드렸
다。

솔 벨로우 지음, 박순심 옮김, 『희생된 이름』
(도서출판 백암, 1991), 264쪽

맞춤법은 잘 몰라도 낱말을 잘 지어내는 재주가 있는 소설가의 작품을 편집하다가 '느물'이란 표현을 발견하고 사전을 찾았다. 사전을 찾는 것이 편집자의 주된 일과이기는 하지만, 실은 내가 사전 찾는 상황은 대개 안경을 쓰고 안경을 찾거나 휴대폰을 들고 휴대폰을 찾는 때다. 즉 방금 전까지만 해도 이 세상에서 유일하게 믿을 만한 사람이었던 자기 자신이 못 미더워지는 순간에는 사전을 펼치지 않을 도리가 없다.

느물, 느물느물, 느물거리다를 찾으니 능글, 능글맞다를 찾아보라는 지시가 내려온다. 느물이 궁금하여 뜻을 물었더니 능글이라는 답변이 돌아왔다. 한차례 질문으로 끝나지 않는 얄미운 연쇄의 수수께끼는 사전이 작동하는 유구한 방식이다. 나는 깃털 달린 공을 받으러 양옆으로 몇 미터씩 달려 나가고 넘어지는데, 상대는 제자리에 서서 가볍게 툭툭 치는 배드민턴 게임이다. 그렇게 능글은 능청으로 나를 달려가라 하고, 능청은 내게 속삭인다. 능청이란 표리부동을 말하는데, 이때의 표表는 천연스러움이고 리裏는 엉큼함이란다. 그런데 엉큼은 분수를 넘는 욕심이기도 하지만 겉보기와 다른 실속을 의미하기도 한다. 정반대의 표리부동도 가능하단 얘기다. 그렇다면…… 징그러운 캐릭터를 표현하는 데 '느물느물'이 과연 적당한지 의심스러워진다. 그에게 과분한 표현인 것 같아서 교정지 위에 물음표를 그린다. 저자는 붉은 나의 물음표에 다른 색상의 물음표를 하나 더해 올 것이다.

작품을 만드는 과정 자체가 미술적 실천이라고
생각한다。

인터뷰이 나도, 「한 줌의 흙: 탈피의 동작들」, 『YET 4』
(정혜진·김미래 편집, 서울문화재단, 2022), 158쪽

책을 읽어야 하는 까닭 첫 번째는 보통 간접경험이라고 이야기된다. 부딪혀 체험하는 대신 매개를 이용하여 경험할 수 있다고! 한계를 멋지게 포장하는 말이 아닌가.

어린 시절, 다른 건 몰라도 책은 읽고 싶은 대로 다 사 주겠다고 부모님이 말했고, 그 약속을 오래도록 지키셨다. 엄마 친구의, 아빠 친구의, 엄마 친척의, 아빠 친척의 댁에 들르게 될 때면 낯을 심하게 가리는 나는 그곳에서 몰두할 책부터 찾곤 했다. 책에 얼굴을 파묻은 한동안은 어린이다운 활기로 나이와 이름을 소개하지 않아도 되었고 무언가에 몰입하는 어린이에게는 가벼운 칭찬까지 따라왔다. 나는 리허설 없는 직접경험 대신 리허설조차 되지 못하는 간접경험으로 숨는 어린이였다.

프리랜서로 일하면서 다양한 외주처의 교정교열 의뢰를 받는다. 클라이언트에게는 말한 적 없지만 "이 책의 편집 좀 맡아 주시겠어요?"는 거창하게 부풀려 생각하기 좋아하는 내게 맞선 제안이나 마찬가지다. 많게는 네다섯 번까지 누군가의 텍스트를 여러 번 들여다보고 그의 생각까지 거슬러 올라가는 일이니 말이다.

예술가 나도는 먹고 남은 음식물을 썩혀 흙을 만든다. 몇 주 몇 달 직접 먹은 음식을 썩히기를 반복하여 만든 점성 낮은 흙에 제 머리카락을 넣어 점도를 높였다. 버려진 것, 남은 것, 자신과 닮은 것, 한때 자신이었던 것은 흙이 된다. 그리고 그 흙이 책이 된다.

지금 붙들고 있는 문장이 그 흙이라고 생각하면 편집이란 일의 무게와 감정이 새삼스럽다. 이 일에 그날의 일과가 그간의 인생과 인생관이, 썩고 녹고 섞인다는 사실이 언제고 새삼스럽지 않을 리가.

여보게 왓슨、 그걸 보고 무엇을 알아냈나?

아서 코난 도일 지음, 백영미 옮김, 『바스커빌 가문의 개』
(황금가지, 2002) 9쪽

아직 나이가 한 자릿수이던 시절, 세 살 터울인 남동생과 레슬링인지 술래잡기인지 종합격투기인지 모를 활동으로 온 집 안을 지칠 때까지 뛰어다니는 게 하루 일과였다. 2층에 세 들어 살던 엄마 아빠는 사흘이 멀다 하고 아랫집 노부부께 사과 인사를 드리러 내려가야 했다. 그러다 첫째가 '학교'라는 공적인 기관에 가게 된 무렵, 엄마는 아담한 빌라의 1층을 '내집마련'했다. 딸려 있는 작은 텃밭에는 간단한 채소 정도를 가꾸는 것이 아니라 겨울이면 김장독을 묻을 정도로, 우리 엄마는 대지와 맞닿은 1층 생활에 200퍼센트의 포부와 적응력을 보여 주었다.

그의 선택에 어떤 참조가 있었는지 모르겠지만, 내 책상과 침대와 커튼, 몇 개의 방문들, 크고 작은 턱들은 모두 에메랄드 녹색을 띠었다. 좁다란 거실에는 앙증맞은 2인용 소파와 1인용 소파가 약간의 틈을 두고 놓여 있었는데, 역시나 꼭 같은 에메랄드색이었다. 등 뒤에 메는 커다란 가방과 입구를 오므려 쓰는 작은 가방 두 개를 들고, 입김이 나올 때 집을 나서서 해가 중천에서 조금 기울어진 것을 바라보며 돌아오는 길, 이 단순한 하루의 과업을 가뿐하게 치르며 아지랑이 가득한 시절을 나던 때. 그 몇 해 동안이나, 에메랄드색 소파의 팔걸이 하나를 베개 삼아 누우면 당연하다는 듯 다른 팔걸이에 발끝은 닿지 않았다.

내 방의 창문은 커다랬지만 바로 바깥으로 연결되지 않았고 가운데 베란다를 두고 있어서, 덥다고 창문을 열어도 온도는 크게 떨어지지 않았다. 무료할 때, 잠이 안 올 때, 책장에 있는 아무 책을 골라 들고 모로 누워서 읽었다.

홈즈가 존재하지 않았다고 해서 내가 더 많은 일을 할 수는 없었을 것이다。

아서 코난 도일 지음, 백영미 옮김, 『셜록 홈즈의 사건집』
(황금가지, 2002) 8-9쪽

소파 한쪽 팔걸이에 머리를 누이면 다른 쪽 팔걸이에 발목이 올라갈 만큼 컸을 때, 앞으로 3년 뒤까지는 넉넉히 입음 직한 치수의 교복을 입었을 때, 드디어 운동화 밑창에 네임펜으로 이름이 적히거나 그 옆면에 애니메이션 캐릭터가 등장하는 일에서 해방되었을 때, 노오란 표지의 『셜록 홈즈』를 만났다. 이 시리즈가 몇 권씩 몇 달의 터울을 두고 출간되는 걸 동네 서점에서 실시간으로 목격했다. 부드럽게 휘어지는 하드커버(아직까지도 '반양장'이라는 생김새를 정말 사랑한다!)의 감촉에 설레며 첫 장을 펼치면, 시간은 순식간에 흘러 뒤표지를 아련하게 응시하게 된다.

"범인이 그저 한 마리의 개라니!"로 시작해서, "그렇게 비장하게 죽었던 주인공이 아무렇지도 않게 되살아나다니", "작가라는 사람이, 캐릭터가 죽은 게 아니었다고 번복하다니……" 하기까지 단 한 권의 책도 예외 없이, 한번 열면 멈출 수 없었다. 지구가 둥근지 지구가 도는지는 몰라도 담뱃재 종류는 줄줄 꿰는 비상식의 외곬 주인공, 감정에 치우치지 않는 듯해도 무엇보다 작업에 몰두하는 워커홀릭…… 이제 와서는 너무하다 싶은 스테레오타입의 프로타고니스트에게 마음을 빼앗긴 나머지, 『셜록 홈즈』의 차기 시리즈로, 표지 디자인도 어쩐지 궤를 같이한 듯한 『아르센 뤼팽』 전집이 번역 출간됐을 때, 더 정확히는 거기서 '헐록 숌즈'라는 캐릭터를 발견했을 때, 모리스 르블랑은 물론 황금가지 편집부에 배신감을 느꼈다. 그래서 뤼팽의 독서는 겨우 1권에 그쳤고, 이 책은 앞서 이야기한 서점에 자주 동행했던 친구의 손에 아까움 없이 양도되었는데, 재주 좋게도 뤼팽은 그녀의 절대적인 히어로로 자리 잡고는, 한 질을 갖춘 보라색 도서들 속에 숨어 오랫동안 그 애 책장의 정가운데를 장식했다.

147

○○는 영리하다
○○이 여름에 앉아 있는 데는 가장 서늘한 자리
겨울에 드러누워 있는 데는 가장 데워진 자리

제자리를 아는 ○○가 제자리를 넓히는 방식
하나, 슬쩍 나 있는 데로 와서 질문을 하고는
나의 대답을 끝까지 듣지도 않고 저 멀리
달아나는 것

○○는 자주 꿈을 꾼다
누가 맡긴 생선을 홀라당 먹어 버리는 꿈
동네를 평정하고는 위풍당당하게 활보하는 꿈
꿈꿀 때 ○○의 입술은 씰룩거린다、
몇 가닥의 수염이 경쾌하게 들썩거리는

○○이다。

김미래 지음, 「○○」

068

브랜드를 함께 운영하는 단 하나의 동지를 생각하며 썼다. 가끔은 편집자도 시를 쓴다. 안 될 게 무어랴. 실제로 나는 이 책을 읽고 있을 당신을 가끔 걱정한다. 나는 이 책을 단숨에 쓰지 못하고 있다. 담당 편집자에게는 해가 넘어가도록 양해를 구하고 있다. 나를 이 걱정에서 구하려면 당신은 이 책을 아무 데나 펼쳐 보다가 덮고, 잊었다가 몇 주 뒤, 몇 달 뒤, 몇 년 뒤 다시 펼친다거나, 이전에 읽었던 것을 새것처럼 읽는다거나, 그러다 결국은 눈이 닿지 않은 문장을 남겨 주셨으면 좋겠다.

왜냐하면 내가 지금 그렇게 쓰고 있기 때문이다. 나의 첫 책을 자기계발의 일부처럼, 혹은 일기처럼 해치우고 싶지 않다. 하지만 이 당부를 읽는다고 지켜야 하는 법도, 이 당부가 책의 구입 전에 당신에게 닿는다는 법도 없으니, 나는 이 책을 1쪽부터 200쪽까지 아주 명료하고 성실한 방식으로 하루 만에 해치우는 당신을 상상해 본다. 그런 상황에 처해 있다면, 편집과 문학, 이야기에 관한 위대한 통찰을 담은 한 문장의 잠언과 거기 표하는 빈틈없는 900자의 경외에, 당신은 한 번쯤 질리지 않았을까. 그러니 좌수(왼쪽 면, 페이지 번호 짝수 면)에는 엉터리 나의 글을 뻔뻔하게 놓아두고, 이 우수에는 갑작스러운 고백을 늘어놓는다. 당신을 향한 나의 걱정에서.

조개껍질 묶어 그녀의 목에 걸고 불가에 마주
앉아 밤새 속삭이네。

윤형주 작사·노래, 「라라라」(1972)

069

껍질은 물체의 겉을 싸고 있는 단단하지 않은 물질이다. 물체의 겉을 싸고 있는 단단한 물질은, 연상되듯 '껍데기'가 맞다. 몸이 좌우로 납작한 연체동물 조개는 껍데기로 덮여 있다. 조갯살을 겉에서 싸고 있는 단단한 물질이 조개껍데기인 것은 투명한데, 비슷한 말은 '조개껍질'이고 이 두 말 사이에 큰 차이는 없는 것 같다. '조개껍질'의 뜻풀이에 가서야 '껍질'은 '단단함'을 획득하고 만다. 그러니 조개껍질은 비표준어도 아니고 대중가요에 흔히 도사린 시적 허용도 아니다.

네 글자가 아니면 노래의 박자 맛이 안 나는 것도 맞겠지만, 조개껍데기를 묶는 것보다 조개껍질을 묶는다고 하면, 어쩐지 바닷물에 녹은 듯 휩쓸린 듯 눅진한 여름 바람이 불어오는 것같다. 어쨌거나 조개껍질을 만난다고 해서 '조개껍데기'로 교정할 필요는 없다는 것을 사전에서 확인했는데, 소라 껍질과 굴 껍질 앞에서는 어떻게 굴어야 할까. 정말이지 오늘도 '소라 껍질' 앞에서 '껍데기'로 고칠지, '소라껍질'이라 붙일지, 그러니까 '조개껍질'의 친구로 삼아 줄지 조개와도 껍질과도 전혀 사이가 먼 '소라 껍데기'로 멀리 떨어뜨려 놓을지 한참이나 고민하는 하루다.

저는 낱알 한 톨이면 충분한걸요. 호두라도
먹으면 몸이 터져 죽어요. 제가 지금은 말랐지
만 조금만 기다려 주세요. 야옹 님의 아이들이
먹을 쥐를 남겨둔다고 생각하세요.

장 드 라 퐁텐 지음, 이재경 옮김, 「늙은 고양이와 젊은 쥐」, 『고양이』
(에이치비프레스, 2021), 45쪽

부끄럽게도 글이 이해되지 않을 때가 있다. 공감의 문제가 아니라, 그 구조가 들어오지 않고, 등장하는 인물들의 관계와 역사를 편집하는 내내 헤매게 될 때가. 교정만 맡았다면, 책임편집자는 따로 있고 그저 모니터 수준으로 크로스(서로 맡은 원고를 나누어 봐 주는 교정)만 부탁받았다면, 이 안개는 그다지 문제되지 않을지도 모른다. 하지만 뒤표지에 들어갈 문안을 써야 하고, 기자와 서점에 보낼 자료를 작성해야 하고, 「편집자의 말」까지 쓰게 된 상황이라면 이 안개는 공포다. 물론 이 안개를 헤쳐 나가려는 노력을 강구한다. 글쓴이에게 "부끄럽게도"로 시작하는 메일을 보내고, 부끄럽지만 공손히 질문하고, 그의 이전 작품을 훑고, 이번 것에 관한 아주 상세한 다이어그램을 고안하는 식으로.

그래도 안개가 걷힌다는 보장은 없다. 나는 동시에 세 가지 이상의 이야기를 편집하는데, 이를테면 하나는 아주 열정 많은 국내 소설가의 첫 장편 데뷔작이고, 하나는 번역이 어렵기로 소문난 영미권 시선집이며(계약 당시부터 원저작자 자신이 모르는 다른 언어로의 변환을 탐탁잖아했다는 에이전시의 전언을 듣고, 실제 몇 번역자가 도중에 손을 든 타이틀이다), 하나는 유명한 유튜버의 라이프스타일을 담은, 글이라기보다는 말의 모음집이다. 의뢰를 준 출판사에서는 센세이셔널한 데뷔를 위하여 최대한의 노력을 부탁한다. 그 노력이란 리라이팅을 말하는 것 같다.

다른 안개를 헤치려는 의도로 시 낭독 영상을 클릭한다. 원작자의 언어가 처음 번역되었을 때의 낭독회다. 읽기 좋은 덩어리로 연이 나뉘지 않은 시를 성별이 다른 두 낭독자가 번갈아 잇는다. 하나인 듯 둘인 목소리가 부연 물방울 속으로 나를 데려간다.

우리가 만물의 중심이 아니라는 사실。   하지만
우리는 만물의 일부이기도 하지。

앨리슨 벡델 지음, 안서진 옮김, 『초인적 힘의 비밀』
(노유다·나낮잠 편집, 움직씨, 2021), 241-242쪽

십진법의 세계에서 우리는 10주년을 기념한다. 분명 내가 출판계에 발을 들이고 나서 만 두 자릿수를 처음 채웠을 때 나는 나의 경험을 공중에 소개한다는 일이 조금 덜 부자연스러운 일처럼 느껴졌다. 분명 그랬다.

정리하려는 사람에게, 의미화하려는 사람에게 10년은 너무 아득하다. 하지만 그저 흘러가는 대로 흘러가는 사람에게 10년은 꽤 짧다. 내 주변을 둘러보아도 올드비는 모두 이렇다 할 활동을 한 지 10년을 훌쩍 넘겼고, 뉴비는 5년을 앞두고 갈무리가 될 만한 의식적인 것들을 기획하느라 여념 없다. 나는 그 사이에 있다. 월급을 받기 시작한 지는 10년을 넘겼지만, 회사라는 대륙에서 떨어져 나와 작은 먼지 부스러기로 이루어진 섬을 가꾼 지는 7년이 되었다.

얼마 전에는 10년 전에 가까웠던 이들이 10주년을 기념한다고, 콘텐츠를 정리한다고, 책을 만든다고 불러 주었다. 내가 들어 있지 않은 그들의 10년은 관찰하기에 쾌적했다. 그들이 한자리에서 들려준 그들의 작은 역사, 즉 누군가를 만나고(고용, 계약, 프로젝트 성사, 공간 마련……) 헤어지고(이직, 휴식, 종결, 이사……) 덩치를 바꿔 가는 일들은 꼭 우리 브랜드의 가까운 미래를 보여 주는 것 같아서 기분이 묘했다. 여러 개인으로 이루어진 한 조직의 10년을 속성과외 받고, 열성적인 인터뷰어가 되어 그들의 추가적인 10년을 조망한다. 커다란 산이 우리 앞에 놓여 있지만, 뒤돌아보면 우리가 넘어온 산 역시 우스운 수준은 아니다. 분리되기 위해 지낸 한 자릿수의 시간을 지나 얻은 연결의 눈은, 분명 십진법 세계의 선물이다.

내게 뉴올리언스는 은신처였다. 거기선 들볶이지
않고 빈둥거리며 살아갈 수 있었다. 쥐들은 예
외였다. 어둡고 비좁은 내 방의 쥐들은 나와
방을 나눠 쓰는 것에 분노했다.

찰스 부코스키 지음, 황소연 옮김, 「뉴올리언스의 청춘」, 『창작 수업』
(민음사, 2019), 225쪽

1년을 채 못 다닌 회사가 있다. 짧은 시간이었지만, 그 기간 그 회사에서 출간된 모든 신간을 읽었다. 그중에 찰스 부코스키가 있었다. 그의 몇 소설에는 못생겼고 엘리트와 거리가 아주 멀지만, 제 각선미와 감수성, 그리고 죽지 않은 꿈의 진가를 알고, 그것을 시중에서 매긴 것보다 높이 사는 자기중심적인 캐릭터가 나왔다. 그를 읽는 것은 쉽지만 그처럼 쓰는 것은 어렵겠다고 생각하며 나는 독자의 지위를 누렸었다.

그러다 오랜만에 그의 이 시집을 친구에게서 선물받았다. 대충 넘겨보던 눈은 이 시에서 멈추었다. 시인은 달빛은 가짜 같고 자신은 구경꾼 같은 시 속의 도시를 사랑한다. 세상의 호감을 얻지 못했지만 들볶이지 않고 살아가게 하던 한 시절의 도시다. 그를 못마땅해하는 것은 그가 사는 방의 쥐들뿐인데, 그 쥐들은 어둡고 비좁은 방을 나눠 써야 한다는 데 분노한다. 내게는 서울이 시 속의 도시나 마찬가지다. 내가 나고 자란 곳과 붙어 있지만, 부모의 둥지에서 떨어져 나올 정도의 거리와 필요를 서울은 늘 자랑했다. 서울 안에서 서울의 경계를 볼 수 있다고 믿는 것은 오만이 아니라 겸손이었다. 서울은 "대다수 사람들이 바라는 것에 무심해도 죄책감이 들지 않"게 해 준다. 이곳은 나를 가만 둔다. 싸구려 와인을 삼키며 방을 돌아다니는 쥐들의 소리를 듣던 시인은 말한다. "그놈들이 차라리 인간이면 싶었다." 이 구절의 온기를 알 것 같다.

눈앞의 것을 치우는 것은 일단 청소다. 청소가
가능해야 다음번의 일이 가능하다.

현시원, 「우연, 계획, 여권 없음」, 『행복의 기호』
(오창섭 외 지음, DDP디자인뮤지엄, 2021), 152쪽

073

치약을 아래에서부터 짜는지 위에서부터 짜는지로 견해차를 본 데서 시작해 이혼에 이른 신혼부부의 이야기를 떠올린다. 이 부부는 나 하나로 구성되어 있다. 한쪽의 나는 정리하고, 한쪽의 나는 어지럽힌다. 한쪽의 나는 쌓아 나가고, 한쪽의 나는 치워 버린다.

코로나19 이후 스무 평이 넘는 스튜디오를 얻었다. 각종 아트북 페어와 크고 작은 전시, 때때로의 해외 출장, 전혀 몰랐을 사람들과의 가벼운 인사, 가까워지지 않아도 충분히 전해지는 가벼운 온기……의 터전들을 꽤 잃었으니, 작은 규모나마 내가 운영하고 싶어졌다. 그렇다, 마주침을 위한 시도였다.

마주침에는 청소가 요구된다. 아무렇게나 꺼내 읽고 아무 데나 꽂아 두었던 책들을 되도록 장르별로, 그게 힘들면 색상별로, 가장 쉽게는 높이별로 꽂아 둔다. 내가 지나칠 수 있는 작은 틈 대신 한꺼번에 열 명이 지나가도 부딪히거나 깨지거나 다치지 않을 통로를 확보한다. 이러한 청소를 누군가가 대리해 줄 수만 있다면! 그러나 길지도 짧지도 않은 인생 경험에 따르면, 무언가를 대리하고 위탁하기 위해서는 잘 짜인 인계서가 필요하다. 탁월한 인수인계 역시 청소인 것을. 오늘도 내가 벌이고 어지른 것들을 청소해야겠다.

한 사물에 대한 고유한 지식이 많으면 많을수록 사랑은 더욱더 위대하다…… 모든 열매가 딸기와 동시에 익는다고 상상하는 자는 포도에 대해 아무것도 모른다.

에리히 프롬 지음, 황문수 옮김, 『사랑의 기술』
(문예출판사, 2022), 9쪽(파라켈수스 인용)

대학 시절, 에리히 프롬을 몇 권 읽은 적이 있다. 『소유냐 존재냐』, 『자유로부터의 도피』 같은 책의 몇 구절은 지금도 어떤 결정을 할 때마다 되뇌는 것이다. 도피하려는 습성이 강한, 그리하여 지속적인 스트레스를 감내하지 않으려 하는, 결과적으로 속박되지 않고 산다고 자부하는 나는, 하나의 도피 앞에서 이것이 소극적 자유(로부터의 자유)를 위한 것인지 능동적 자유(로의 자유)인지를 가늠해 보는 최소한의 양심적 관습이 있다.

얼마 전 함께 일하는 그림작가분이 드로잉을 스킬로서가 아니라 태도로서 가르치는 워크숍을 해 보자면서 프롬의 『사랑의 기술』을 길잡이 책으로 내밀었다. 사랑의 태도를 탐구하는 드로잉 워크숍은 순조롭게 모객되었다. 아주 많은 사람이 신청해서 면접을 볼 필요나 선착순으로 자를 필요도 없이, 우리가 기대하는 작은 규모의 몇 사람이 작업실 문을 두드렸다. 모르는 사람들과 둘러앉아 같은 책의 같은 분량을 같은 시간 동안 각자 묵독했는데, 놀라울 정도로 의미가 잘 들어왔다. 사람을 좋아하는 나는 육성으로 책의 내용 '듣기'를 좋아하는데, 각자 읽는 중 전해지는 체온과 작은 열기 같은 것으로 데워지는 느낌도 참 좋았다.

프롬은 자본주의 시대의 사랑이 쇼핑처럼 취급되는 것을 안타까워했다. 한 사람의 반평생은 나머지 반평생을 함께할 예비 반려자를 고르고 탐색하는 데 소요되고, 우리의 사랑은 '찾아진다'. 이 책을 읽는 동안 나는 세 사람을 떠올렸는데, 이따금 아주 미운 연인이 그 한 사람이고, 나머지 둘은 반려자 쇼핑 없이 혼인하여 서로가 찾아진 바 없는 나의 어머니와 아버지다.

우리는 수많은 이야기를 했습니다.   꽃에 대해、
그녀의 시 쓰기 수업에 대해、   그리고 그녀가
안경을 썼다면 일어났을지도 모를 일들에 대해。

팀 버튼 지음, 윤태영 옮김, 「눈이 많은 소녀」, 『굴 소년의 우울한 죽음』
(새터, 1999), 31쪽

075

본 지 오래된 친구에게서 연락을 받았다. 그 친구는 결혼을 앞두고 있는데, 소식을 꼭 전하고 싶었다고 말한다. '소식을 전한다'는 표현이 새삼 마음을 흔든다. 소식이란 "멀리 떨어져 있는 사람의 사정을 알리는" 것이라고 사전은 말한다. 그의 생에 중대해 보이는 새로운 사정 앞에서도 그랬지만, 그간 멀리 떨어져 있었다는데서, 아주 오래 그랬다는 데서 내 마음은 방황한다.

우리가 마지막으로 만났을 때, 그건 벌써 3-4년 전의 일인데, 그 만남 역시 몇 해 만에 이루어진 것이었다. 그저 막연한 그리움으로, 그저 우연한 연상 작용에 의하여 내가 무심코 연락했고 친구가 응했다. 브랜드 없는 통닭집에서 500밀리짜리 맥주를 하나씩 움켜쥐고 우리는 두 시간 가까이 대화를 나누었지만, 그 친구의 이야기는 처음부터 끝까지 '놀라움'에 관한 것이었다. 결혼이나 이민이라도 하려는 줄 알았어, 몇 세기 만에 연락이잖아. 나는 갑자기 수줍어져서 거북처럼 고개를 등딱지 속으로 숨겼다.

문자메시지를 보낼 때만 해도 인도양으로 돌진하는 호기로운 거북이었다는 것을 그 친구는 모를 것이다. 내가 나를 이해하는 데 난데없는 바다거북을 이용하는 건 그의 서식처도, 생식 능력도, 그의 전설도 그 무엇도 아닌 껍데기라는 외양이 이유다. 1미터에 달하며, 생긴 모습은 꼭 심장을 닮은 그의 등. 친구는 자신의 사정을 나에게 알려 왔다. 덕분에 나는 친구에 대한 최신 정보를 약간 습득하게 된다. 내가 그 친구에 대해 속속들이 안다고 자부하던 시기의 지식에는 비할 바 아니지만, 수년을 거쳐 도달한 그의 소식은 십수 년을 거쳐 간간이 잇고 있는 그에 대한 공부를 일깨워 주었다. 오늘의 거북에게는 앵무새 못지않은 부지런한 부리가 있다.

나는 굴조개 껍데기를 무척 좋아한다. 그것은 조악하고 꼴사납고 추하다. 빛깔도 거무튀튀하고 균형도 잡혀져 있지 않다. 처음부터 아름다움이라는 것과는 상관없이, 살아가는 데 알맞게 빚어졌기 때문이다.

앤 머로 린드버그 지음, 신상웅 옮김, 『바다의 선물』
(범우사, 2019), 89쪽

10대 시절 내가 꿈꾸던 외모는 특성 없는 것이었다. 돌출된 이마보다는 평평한 이마가, 오돌토돌한 피부보다는 매끈한 피부가 갖고 싶었다. 10대, 20대 때보다 더 캐주얼한 옷차림을 하고, 더 편안한 표정을 띤 나를 어린 시절의 내가 본다면, 시간이 흘러 외모에 신경을 덜 쓰게 되었다거나 외모를 중시하는 마음을 극복했다고 놀라워할 것이다.

그런데 실은 신경 쓰는 '모습'이 확장된 것뿐이다. 한 방향의 외모만이 아니라, 여러 갈래의 외모를 좋아하게 되었고, 겉으로 금방 드러나는 내면의 생김 역시 외모만큼이나 특정한 윤곽을 띤다는 사실을 안 것뿐이다. "종이를 놓고 앉아 처음으로 상념이 그 윤곽을 또렷이 드러냈을 때, 나는 내 경험이 다른 이들의 그것과는 매우 다르다는 느낌이 들었다"라고, 1906년 태어나 2001년 생을 마감한 린드버그는 『바다의 선물』에 썼다. 생각이 윤곽을 띠면 잡을 수 있게 되고, 잡았다는 흔적과 증거는 문장으로 간수된다. 그가 발견한 흰 조개의 나선형 돌기나 그가 한마디 말도 필요 없이 보낸 바다의 수평선과 마찬가지로 그의 영혼은 특정한 윤곽을 띤다. 그것을 우리는 오랜 시간이 지난 뒤에도 더듬어 볼 수 있다.

겉으로 내보이기까지는 줄곧 잠들어 있던 무언가, 각자의 시간을 통과하면서 마모되거나 선명해지는 한 인간의 윤곽을 생각하면, 겉으로 드러난 것을 무시하지 못하는 마음이 아주 잘못된 것은 아니다.

그 애는 버들가지를 꺾어 피리를 만들어서 불기
시작했다. 처음에는 음이 고르지 않고 들쑥날
쑥하더니 곧 어떤 가락을 잡아 갔다. 약간
불안했지만 아름답고 신비스런 선율을 지닌 피리
였다. 그 애가 선물이라면서 피리를 내밀었다.

루이제 린저 지음, 김정애 옮김, 『유리반지』
(혜진서관, 1990), 42쪽

초등학교에 들어가기도 전의 일이다. 멀리 사는 친척오빠가 방학을 맞아 우리 집에 놀러 와서 며칠을 머물렀다. 그는 갓 고등학생이 된 열일곱 살 소년이었다. 나와 똥싸개 동생 눈에는 무척 신기한 생명체로 느껴졌는데…… 나와 동생을 거뜬히 돌볼 수 있고, 물어보면 모르는 것이 없고, 텔레비전이든 신문에 적힐 만한 뉴스든 외국 문학의 주요 줄거리나 등장인물 같은 단편적인 정보든 꿰고 있으면서도, 어른은 아니었기 때문이다. 돈을 벌거나 잔소리를 하는 어른, 얼굴이 번들거리고 군살이 있는 어른, 아이를 귀찮아하거나 신기해하는 어른이 아니었기 때문이다.

아이와 같은 하얗고 멀끔한 거죽을 두른 신기한 생명체에게서는 어딘가 불량스러운 분위기가 났다. 천성과는 무관한 일종의 사교술로서.

엄마가 없는 사이, 그는 나와 남동생에게 서태지를 들려주고, 바나나와 오렌지의 미국식 발음을 전수해 주고, 신라면을 끓여 줬다. 엄마가 돌아오자 그는 잠시 반색하고는, 기다렸다는 듯이 유통기한이 지난주까지였다는 둥 찬장에 넣어 둔 라면들을 죄다 버리라는 둥 그녀와 한바탕 실랑이를 벌였다. 어른도 아닌 주제에 엄마와 동기간처럼 대화를 주고받는 그를 나는 동경 어린 눈으로 바라보았다. 실은 정확하지 않다. 이 회상 속에서 나는 3인칭의 또렷한 윤곽을 가지지 않는다.

지금도 식료품을 사거나 봉지를 뜯으려고 하면 유통기한과 제조년월일로 눈길이 빠릿하게 향한다. 여덟 자리 숫자를 확인할 때 드물게 떠오르는, 햇살을 등지고 선 말끔한 소년의 보일락 말락 하는 표정은 내가 정말 좋아하는 이미지다.

책의 뒤쪽에 여러 색깔로 봉인된 봉투들을 마련
해서 독자가 그중 하나를 택해 뜯어 보게 하
는 것이다。 각각의 봉투에는 겉면에 다음과 같
은 분명한 표시를 한다。 전통적인 행복한 결
말、 전통적인 불행한 결말、 전통적인 이도 저
도 아닌 결말、 신의 초자연적 힘에 의한 참말
같지 않은 결말、 모더니스트의 자의적인 결말、
이 세상의 종말로 끝나는 결말、 클리프행어 같
은 결말、 꿈같은 결말、 불투명한 결말、 초
현실주의적 결망 등등。

줄리언 반스 지음, 신재실 옮김, 『플로베르의 앵무새』
(열린책들, 2005), 31쪽

사회를 이루는 동물들 사이에는 '알파'가 있다. 그 집단에서 가장 높은 계급과 서열을 가진. 나머지 구성원은 알파를 향해 존중을 표하는 제스처를 취한다. 알파가 아닌 침팬지들은 알파인 침팬지 앞에서 등을 보이거나 웅크리고 이따금 고개를 까닥하거나 용기를 내어 손을 내민다.

알파를 죽이는 베타가 있는가 하면, 베타 위치에 만족하는 베타가 있다. 스무 살 때의 나는 비평이란 개념이 도무지 익지 않았다. 특히 합평이라는 것. 머리를 맞대고 둘러앉은 이상, 성의를 표하려면 한마디라도 보태야 하고, 잘못을 가리키려면 찬사를 깔아야 하며, 찬사를 전하는 즉시 꼭 같은 분량의 답가를 돌려받아야만 하는. 그나마 각자 타고난 표정과 목소리라는 매개라도 없었다면.

지금의 나는 알파(저자: "전 아무래도 글렀어요. 중요한 게 빠져 있다고요")를 돕는 데서 보람을 느끼는 베타(편집자: "빠져 있다는 사실을 써도 충분해요. 당신이 느끼는 결핍감 자체가 시대정신일 수 있어요")려나. 하지만 가끔 알파다운 편집자를 원하는 저자와, 오메가다운 저자를 원하는 독자 사이에서 갈피를 못 잡겠다. 주례사 아닌 보도자료를 쓸 수 있는 편집자가 있을까, 그 주례사의 혜택을 받는 것은 무엇보다 편집자 자신이니까 말이다. 불확실한 창작의 고통에서 슬쩍 발을 뺀 채, 안전하고 꾸준한 스릴을 가장 가까이서 지켜보는 직업. 나의 손길이 닿아 글이 훨씬 나아졌다는 어떤 사람을 보면, 실은 훨씬이 아니라 아주 조금이란 데서 안심하는 내가 있다.

저녁 무렵의 따뜻한 스팀 온기로 두통은 사라지곤 했다. 그리고 지금은 머리가 점점 더 맑아지고 있었으며, 개의 머릿속에는 잘 정돈된 온화한 생각들만이 흐르고 있었다.

미하일 불가꼬프 지음, 정연호 옮김, 『개의 심장』
(열린책들, 2013), 224쪽

출근 시각보다 일찍 와서 자리를 정리해 놓고, 기껏 편의점이나 스타벅스에서 사 온 간단한 요깃거리를 만찬처럼 늘어놓는 것이 그의 아침 의식이었다. 늦은 날이라고 생략되는 법 없이, 모두 자리에 앉아 이미 업무를 시작한 중에도 차곡차곡 거행되는. 그와 용무가 있는 날에는 가방 내려놓기 무섭게 그가 일하는 아래층으로 성큼성큼 내려갔고, 가쁜 숨을 고른 뒤에는, 그 묘한 아침 의식의 유일한 관중이 되었다.

오늘 그가 떠오른 것은, 나에게 종이 자를 일이 생겼기 때문이다. 디자이너가 하는 일을 편집자가 배워야 할 리 없는 회사에 다니다가, 편집자이자 디자이너이자 마케터이자 대표이자 말단사원의 역할을 모두 겸하는 자영업자가 되고 보니, 가끔씩 외부의 디자이너가 보낸 시안을 실제 크기로 출력하고, 재단선에 맞게 자르고 접어 볼 일이 생긴다. 칼과 가위를 다루는 일은, 특히 왼손잡이인 나에게는 만만찮아서, 이때마다 나는 그를 떠올리는 편이다. 내가 아는 사람 중에, 그는 평면 자르는 일을 가장 우아하게 해내는 사람이기 때문이다. 이런 일 따위를 우아하게 한다는 것이 우스워서 얼굴을 찡그려 가며 웃었다.

자를 종이를 칼판의 모눈 열에 정히 맞추고서, 가만 손을 댄다. 그러다 갑자기 몇 발 물러서서 뭔지를 가늠하듯 눈을 가늘게 뜨다가, 드디어 다시 두 손을 지그시 가져다 대고, 한 손으로 든 칼을 위에서 아래로 가볍게 내리긋는다. 칼은 칼집 밖으로 충분히 나와 있었고 칼과 대지는 수직이기보다 수평에 가까웠다. 녹색 고무판 위의, 지지하는 왼손과 운동하는 오른손의 움직임은 정해진 안무처럼 재바르지도 굼뜨지도 않았다. '역시 디자이너는 다르네'라고 수긍한 건 매번 그 칼과 자의 춤 앞에서였다.

외국어에서 사람들은 스테이플러 심 제거기 같은
것을 가진다. 이 제거기는 서로 꼭 붙어 있는
것과 꽉 묶여 있는 것을 모두 제거한다.

다와다 요코 지음, 최윤영 옮김, 『영혼 없는 작가』
(을유문화사, 2011), 99쪽

가장 친한 친구와 하루 대부분을 같이 보낸다. 식사도 함께하고 일도 함께한다. 이 친구는 나와 이야기 나누길 좋아한다. 이 친구와 가장 가까운 친구로 지낸 10년, 잃은 것이 있다. 이 새롭고 낯선 존재를 경계했던 친구들과 이 사람 곁에 안착했을 때 잃은 '쓸쓸한 나'다.

이 세계 어딘가에 흩어져 있을지 모를 나의 분신들을 더는 찾지 않아도 되어서 모험심의 더듬이는 자취를 감추었다. 이 친구를 상상하고 그려 보지 않아도 않게 된 대신, 내 상상력이 그리는 것은 쓸모없는 것들뿐이다. 이 사람과 '말'이 통하지 않으면 고립되고, 이 사람과 나 사이를 갈라놓을 것이 죽음밖에 없다고 확신이 들면, 금방이라도 천재지변이 일어날 것만 같다.

그러나 이 사람이 앗아 갔거나, 이 사람이 독점했거나, 이 사람이 가로챈 것이 사실은 아무것도 없음을 안다. 10년을 살았다고 열 칸을 가지고 있는 게 아니다. 30년을 살았다고 한 해 한 칸씩 차곡차곡 서른 칸을 구비해 두고 언제든 열어 볼 수 있게 잘 간수하고 있는 것이 아니다. 쌓였으면, 늘었으면 하지만, 돌아가고 싶은 어떤 칸에 발을 들여 보면, 그 터에는 무늬만 남아 있다. 터무니없게도.

건축은 지구의 일부분을 선택하여 작은 박스를
세운다。 그 순간 실내와 실외가 생긴다。 우리
는 안에 있거나 밖에 있다。 놀랍지 않은가。

페터 춤토르 지음, 장택수 옮김, 『분위기』
(나무생각, 2013), 45쪽

놀랍지 않다. 지구에 존재하는 모든 것은 스스로 존재함으로써 안과 밖을 만들어 내기 때문이다. 건축가가 세운 건축이 있고 나서 비로소 우리는 안에 있거나 밖에 있게 되는 것이 아니라 우리라는 몸으로써 이미 안과 밖을 의식한다. 우리는, 나는, 당신은 이미 몸으로 안이자 밖이다. 몸이라는 윤곽으로 우리는 자연스럽게 안과 밖을 구분하고, 조금 더 머리(머리라고 썼지만 몸이다)가 크면 그 몸 경계로 작은 박스를 만든다. 이는 타인과 닿지 않을 경계가 되기도 하고, 내 사람으로 포용할 작은 아지트로 역할하는 박스이다. 그러니 우리는 모두 우리 자신의 생에 있어 건축가다.

그러나 놀랐다고 고백하고 싶다. 건축가의 인터뷰를, 글을 읽으면, 그것을 책으로 자연스럽게 치환해 읽는 내가 있고, 그것을 우주적으로 확장해 버리는 남독(독서도 남용할 수 있다면)의 자유가 있다. 문턱과 복도, 문과 창문을 공들여 설계하는 건축가처럼, 우리가 우리 자신에게도 그럴 수 있다면. 오래 모은 돈으로 딱 자기들이 오래도록 질리지 않고 가꾸며 살 공간을 의뢰한 부부를 위해 고심하듯, 우리가 우리 자신을 위해서 건축할 수 있다면. 그러면 좋겠다고 생각하면서, 건축책을 읽는다. 건축책을 편집한다.

멀티플레이 게임 서버에서 오래 머무르며 경험치와 실력을 쌓아 새로 게임에 도전하는 사람이 이길 수 없는 어려운 존재를 고인 물이라 한다。

하박국 지음, 『씬의 아이들』
(재미공작소, 2019), 65쪽

082

조어가 통하는 범위가 지역이 아니라 세대가 될 때 어느 고도쯤에서 이 조어를 배우거나 제압하려는 움직임이 내려오곤 한다. 물은 위에서 아래로 흐르니, 조어를 마음에 들어 하지 않는 것도 조어를 마음에 들어 하는 것도 위 세대 전용 리액션이다.

나이 차이가 좀 나는 친구가 몇 있다. 대부분 전 직장 동료인데, 수평적인 기업문화를 위해 '평어' 사용을 표방했던 탓이다. 어린 친구가 스스럼없이 대하는 것은 생각보다 기분 좋았고, 퇴사 이후에도 가까이 지내게 하는 복선으로 기능했다. 그 친구가 전해 주는 어린 문화는 제 세대가 차지한 전유물이 아니고, 그 친구보다 더 새로운 세대의 '배워야 할' 은어이므로, 전류를 바꾸어 주는 어댑터 같은 그의 역할 덕에 새로운 낱말을 배울 때면 같이 여행이라도 다니는 것처럼 마음이 열린다.

밥을 뚝딱 해치우게 하는, 그리하여 흔적도 없게 만드는 간장게장 같은 녀석들이 밥도둑이라면, 식욕을 떨어뜨려 밥을 지키는 파래무침은 '밥경찰'이란다. '고인 물' 역시 그 친구가 알려 준 표현이다. "요즘에는 '고인 물'이라는 거 칭찬이야. 따지고 보면 고高인물이니까."

그 설명을 듣고서는 경력이 화려한 편집자 선배들을 만날 때마다 '고인 물'이라고 한 번씩 불러 준다. 모쪼록 그들이 썩지 않고, 오래도록 높은 데에서 나를 굽어봐 주었으면 한다.

고백하자면 그때까지 나는 『건담』을 본 적이 없었다. 그리고 한 가지 더 고백하자면 지금 이 시점까지도 『건담』을 제대로 본 적이 없다。

오쓰카 에이지 지음, 선정우 옮김, 『그 시절, 2층에서 우리는』
(요다, 2020), 17쪽

083

"알잖아, 나 오타쿠인 거."

"너는 오타쿠가 아니라니까? 오타쿠는 그렇게 쉬운 게 아니야. 겸손 떨듯 차지하려 하다니 뻔뻔한 줄 알라고."

만화를 출판하면서 만화가들을 많이 알게 되었다. 만화가들은 이상한 것으로 다투곤 한다. 가장 자주 목격하는 것은 '오타쿠 논쟁'이다. 한 명이 자기 겸양의 표현으로 오타쿠를 쓰면, 사방에서 "너는 오타쿠가 아니야"라는 식이다. 물론 위로가 아니다. 풀어 쓰자면 "네가 방에 틀어박혀 안 나오는 여드름 많은 뚱보일 순 있어도, 한 분야에 정통한 것은 물론, 순도 100%의 열정과 애정에 바탕하여 길러진 '대가'일 순 없어" 정도일까.

오히려 진정성이란 개념 앞에서 몸서리치는 사람에 가까운 나도 취미와 버릇, 업과 생계를 한 줄에 놓고 보니, 지금 내려는 이 책이 내가 정말 좋아하는 카테고리인가 싶어질 때가 있다. 반대로 이 책을 진짜 좋아하니까 다른 건 생각하지 말고 그냥 내야지 해 버릴 때도 있다. 너무 오래 고민하면 충동구매의 희열은 사라지기 마련이니.

오타쿠라는 말은 애초에 '댁宅'에서 시작했으니, 실은 진정성을 두고 싸울 필요까지도 없다. "댁도 아는군요? 아는 사람은 알기 마련이니까요" 하고 따뜻하게 웃으며 넘기면 그만.

아름다움을 소중히 생각하므로 그는 아름다운
신호를 우리에게 던지고자 한다。

강석경 지음, 「건축가 김중업」, 『일하는 예술가들』
(열화당, 2018), 65쪽

"하나만 묻자. 너 진심으로 이 책을 사랑하니?" 담당 편집자에게 이런 질문을 습관처럼 던지는 작가가 있었다. 인문학을 일상적인 체험과 연결 지어 쉽게 전달하는 대중 강연자이고, 사랑을 비롯한 감정을 주요 연구 주제로 삼는 분이니, 그의 생활과 아주 동떨어진 질문은 아니지만 그 질답이 일어나는 풍경은 늘 비현실적이었다.

그 비현실적 분위기는 사랑을 강요할 수 있는 사람과 강요받는 사람의 처지 차이에서 피어 오른 것만은 아니었다. 언어의 맨 바깥에 있는 표피를 다루는 편집자라면, 언어의 무늬에 좌지우지될 수밖에 없다. 어떤 소설은 요약하고 나면 그 줄거리가 형편없지만 단지 그 언어의 무늬 때문에 몇 세기나 읽힌다. 그 언어의 무늬를 보고 동경하게 된 글쓴이를 직접 곁에서 지켜보다가 실망하는 일은 부지기수다. 그것은 배반이라기보다 일상적으로 일어나는 이 세계의 입사 의식일 따름이다.

그러나 많은 이들이 그저 '말'을 하고, 그것을 다른 눈으로 입으로 손으로 옮겨 적고, 오류를 잡고 윤을 내게 시키고 나면 남는 것은 무엇인가. 자신의 말을 사랑하는 편집자에게 그것을 글로 바꿀 기회를 준다는 발상은 어디에서 시작되었나. 물론 그 역시 누구보다 무늬를 사랑하는 사람일 것이다. 한번 발화해 버리면 그 정수가 사라지는 것만 같은 자신의 말을, 말하고 싶은 열정을, 말과 함께 공기 중으로 실시간 산화하고 있는 비언어를 붙잡아 줄, 잘게 씹어 소화할 만한 것으로 만들어 줄 협력자의 사랑에 종종 기댈 뿐인.

책의 약점이라고 할 수 있는 불안정한 자료의
집합은 동시에 책의 장점이 된다。

미할리스 피힐러 지음, 임경용 옮김, 『출판 선언문 출판하기』
(미디어버스, 2019), 6쪽

학부 때 우연찮게 가까워진 타과 선배가 있다. 철학과는 학번마다 네다섯 명밖에 안 돼서 철학도의 아우라는 눈부셨다. 고민이 생기면 아무리 어쭙잖은 것일지라도 그 선배에게 물어보곤 했다. 문학을 전공하는 나와 철학을 전공하는 그는 캠퍼스에서 가장 낡은 건물을 공유했는데, 그 건물 주위로는 가장 오래된 나무들이 수없이 심겨 있어서 햇빛은 물론 촘촘이 내리는 빗방울까지 막아 줄 정도였다. 나는 그 선배가 나를 '교육'하는 즐거움에 아껴 주는 것이라고 짐작했는데, 몇 년이 흘러 선배의 블로그에서 읽은 것은 대체로 그저 수용하는 법 없는 나의 태도를 좋게 보았다는 사실이다. 그걸 시니시즘이라고 적었는데 기분이 이상했다.

그 선배와 하루는 『그녀』(2014)라는 영화를 보았다. 인공지능 운영체와 사랑에 빠지는 이야기에, 나는 지극히 공감했고 그는 전혀 공감하지 못했다. 물질적이지 않은 사랑은 그려지지 않는다고 했다. 8년이 지나니 내가 실은 물질파라는 사실을 깨닫고 있다. 종이, 잉크, 판형, 제본, 종이는 물론이고 그 책의 실물을 소개하는 방식과 소개하는 장소, 소개하는 사람의 눈빛까지 책의 가치에 기여함을 부정 못 하겠다. 이런 애정을 설명하기 위해 독일의 과학사가 안케 테 헤젠은 '물질적 애정'이라는 표현을 썼다. 대량생산된 신문을 제멋대로 잘라서 스크랩하고 새로운 노트 속 구조를 만들어 내는 사람들에게서 그가 발견한 특별한 종류의 애정이다.

나는 나의 존재를 확신할 수 없다. 나는 내가 읽은 책의 모든 작가이고、 내가 만난 모든 사람이며、 내가 사랑한 모든 여자이고、 내가 방문한 모든 도시다.

호르헤 루이스 보르헤스, 『엘 파이스』 인터뷰(1981)

생각한다는 것은 잊지 않는 것이다. 떠올려 냈을 때 존재가 지속됨을, 최근 작은 에피소드에서 깨달았다. 택시비를 아끼겠다고 집에서 작업실까지 서울시 대여자전거를 타고 다니다가, 하루는 아이패드를 놓고 내렸다. 그 사실이 기억난 것은 아이패드가 필요해졌을 때였고, 따릉이 서비스에 전화해 보니 상담사분이 이미 그 자전거는 한강을 건너고, 일고여덟 명의 이용자를 더 거쳤으며, 유실물을 신고한 사람은 없었다고 말해 주었다. 로스트112라는 대한민국의 모든 유실물이 등록되는 사이트에 습관처럼 접속하던 것도 보름 정도 지나자 멎었다. 아이패드에 들어 있던 다양한 작업 중 문서를 복구하기 위해, 밤늦게까지 이어지던 교정 작업도 끝났다. 한 달이 지났다.

　　나를 '첫 편집자'로 기억하는 몇 분의 저자가 있다. 그중 한 분인 A가 초대한 식사 자리였다. 한 사람이 핸드폰을 잃어버려 고생한 일화를 들려주었다. 나는 "작은 물건은 잃어버리기도 쉽지만 찾기도 쉬운데, 그보다 큰 물건은 잃어버리기도 어렵지만 한번 잃어버리면 되찾기는 정말 어렵더라고요"라며 따릉이-아이패드 얘길 꺼냈다. 그랬더니 A가 "그게 미래 씨였어요?" 하는 것이다. 알고 보니 언제 받았는지도 모를 A의 명함이 언제 샀는지 모를 나의 아이패드 케이스에 끼워져 있던 채였고, 아이패드를 습득한 사람은 그에게 바로 연락했다. 저자보다는 교육자 정체성이 강한 그는 아이패드를 잃어버릴 (소지할) 만한 사람이 제자들이라 판단하고 과 커뮤니티에 소식을 올렸지만 아이패드 분실자는 나오지 않았다. 나는 아이패드를 되찾았다. 잃어버린 물건을 이야기로 꺼낸 분실자, 편집자를 잊지 않고 초대해 준 저자 모두 잊지 않아서, 아직 존재했다.

문제는 가름끈이 필요하다는 생각 자체를 안 하는 것이다. 가름끈의 필요성을 느끼려면 당연히 일단 책을 읽어야 한다. 책은 읽기 위해 존재하는 것이고, 더 나은 독서를 원한다면 가름끈을 빼먹지 않아야 한다.

얀 치홀트 지음, 안진수 옮김, 『책의 형태와 타이포그래피에 관하여』
(안그라픽스, 2022), 194쪽

명함이 책갈피가 되기까지 무슨 일이 있었더라.

학부 마지막 학기 때 문학 교과서를 만드는 팀에서 단기 인턴 생활을 한 것이 내 직장 경력의 첫 도정이다. 사람도 사계절을 함께 지내 보라는데, 한 계절은 '나의' 보금자리라 느낄 만한 물리적 시간은 못 됐다. 내가 앉은 의자는 출산이 가까워 자리를 비운 만삭 대리님의 자리로, 쿠션 꺼진 방석이 깔려 있었다. 출근해서 그 위에 앉자면 스스러운 기분이 들었다. 책상 오른쪽 귀퉁이 바로 밑에는 A4 용지가 겨우 들어갈 만한 너비의 바퀴 달린 이동서랍이 떡 버티고 있어서, 다리를 모아 앉아야 했다. 세 칸이 모두 잠겨 있는 서랍을, 방치된 인상의 방석과 견주어 보며, 만나 본 적 없는 대리님의 얼굴을 상상했다. 칫솔과 치약은 가방에 넣고 다녔고, 물을 마실 때 쓴 머그는 곧바로 설거지했다.

'나의' 무엇들을 한꺼번에 장만한 것은 다음 직장에서였다. 쓰레기통, 연필꽂이부터 컴퓨터와 마우스, 스탠드 조명까지 모든 것이 나의 입사와 함께 구비됐다. 첫 책상이 얼마나 번듯하게 느껴지던지 조그만 다육 식물과 선인장을 다섯 개나 키웠다. 해가 들지 않는 지하 사무실이었으니, 식물에게는 몹쓸 노릇이었지만. 문학 출판사에 입사해서 받은 명함은, 내가 직장인으로서 쟁취한 첫 신분증이었다. 외부 미팅을 많이 하거나, 친구들을 많이 사귀거나, 진급을 하자면 명함이 많이 필요해진다. 해당 사항이 없던 데다가 1년을 겨우 채운 탓에, 퇴사 시점의 내게는 처음 만든 200장 중 180장의 명함이 남았다. 한때 명함이었던 것을, 책갈피로 쓰면 꽤 유용하다고 그곳에 남은 선배가 귀띔해 줬다.…… 그렇게 몇 번의 이직으로, 나는 책갈피 부자가 되었다. 책갈피의 수요를 알고자 하면 독자가, 책갈피의 공급을 알고자 하면 편집자가 되리니.

제대로 쓸 수 없다는 건、 제대로 생각할 수
없다는 뜻이다。 제대로 생각하지 못하면、 다른
사람이 당신을 위해 대신 생각하게 된다。

오스카 와일드 지음, 박명숙 옮김, 『오스카리아나』
(유상훈 편집, 민음사, 2016)

두려운 존재를 만나면 줄행랑을 치는 것이 사람 본성이다. 다만 그 존재가 두려운데도 걷잡을 수 없는 호기심이 일어서, 그걸 참지 못하고 살금살금 다가가는 것 역시 사람의 본성. 발걸음을 하나하나 떼는 동안, 낯설었던 존재에게서는 슬슬 친숙한 분위기가 흘러나온다. 발걸음을 하나하나 떼는 동안, 내딛은 발걸음만큼의 시간이 쌓인다. 그와 나는 벌써 이만큼의 시간을 '함께했다'. 첫인상을 넘어서는 온기와 인간애, 때로는 거룩하게까지 여겨지는 그 두려운 존재의 자애로운 눈길. 긴장과 공포를 무너뜨리고 한발 더, 한발 더 나아간다. 그러다 부딪힌다. 둘 사이의 거리가 0이 되며 나의 발에 다른 신발이 끼워지는 순간. "다른 사람의 신발을 신어 본다"는 꽤 직설적으로 역지사지를 표현하는 서양 속담의 의미를 깨닫는 순간.

누군가에게 글을 써 보라고 할 때, 써 달라고 할 때, 누군가가 자신의 글을 봐 달라고 할 때, 다듬어 달라고 할 때, 괜찮으면 펴내 달라고 할 때, 펴내도 괜찮다고 허락해 줄 때면 늘 두려운 마음이 된다. 하지만 이 두려움은 호기심을 동반한다. 이걸 극복하지 못하면 삶의 한 계단을 오르지 못할 것만 같고, 한 계단을 오르면 이제까지와는 전혀 다른 풍경이 펼쳐져 있을 것만 같다. 편집자 콤플렉스라는 게 있다면, 남의 글을 해석하고 뜯어 보고 고치지 않고는 못 배기는 성미가 아니라, 글 쓰는 존재에게 철저히 매여 봉사하고자 하는 천성을 의미할 터다.

그 이미지는 오리 아니면 토끼이지、 양쪽 다는
될 수 없다。

에릭 캔델 지음, 이한음 옮김, 『통찰의 시대』
(알에이치코리아, 2014), 260쪽

089

이미 충분히 퇴고된 문장을 보고서는 미련 없이 그 자리를 벗어나기도 한다. 고쳐진 것 없지만 고쳐진 그 글과 고쳐진 나를 발견한다. 나는 그 글에 영향을 가하지 않았지만, 그 글은 분명한 영향으로 나를 통과했다. 그런 만남은 가볍지만 산뜻해서, 하루에 몇 번이고 기대해도 좋은 이웃 동물과의 마주침 같다. 어떤 때는 눈짓으로 어떤 때는 손짓으로 어떤 때는 마음만으로 인사하지만, 손을 대지 않았어도 털의 방향을 바꾸지 않았어도 그는 내 얼굴과 냄새를 익혔고, 나 역시 허리를 숙이거나 무릎을 꿇지 않았어도 충분히 눈을 마주칠 수 있었다. 누군가에게 그 동물을 소개하라고 해도, 나는 주저 없이 입을 열 수 있을 것이다.

"다정한 눈매와 눈빛이 특징적인 아이인데, 처음 만난 이에게도 금세 감정이 전해지는 것만 같지요. 그 동물은 잘 짖지 않지만 몇 번이고 마주치는 동안 줏대가 분명한 인상을 더해 가다가 아주 중요한 순간에는 그간 우리가 놓치고 있던 것을 깨우쳐 주기라도 하는 듯 컹 하고 짖는데, 그때 비로소 우리는 깨어나서 굵은 밑줄을 긋게 된답니다."

책을 좋아합니다。 그중에서 소설은 꾸준히 읽고
항상 옆에 두고 잘 정도입니다。

심규태 지음, 『여가생활』
(김미래 편집, goat, 2019), 83쪽

지하철에서 책 읽는 풍경을 만나면 반갑다. 지하철에서 책 읽는 풍경! 읽는 사람은 물론 그가 읽는 책에 대해서 나는 잘 알지 못한다. 이때 책 읽는 사람의 대표성이자 몰대표성, 읽히는 책의 대표성이자 몰대표성은 으레 이상한 친숙함을 주고, 이 친숙함은 귀하다. 지하철에서 책 읽는 풍경을 만나면 나는 금세 무장해제된다. 책 읽는 사람을 알던 사람인가 착각하지는 않더라도 계기만 주어진다면 금세 친해지리라는 기대감을 품는다. 그러나 진짜로 새로 만난 사람에게 "책을 만드는 사람입니다"라고 소개하거나, 그 사람에게서 "신기하네요, 제가 책을 참 좋아하거든요"라는 답변을 듣는 것은 상상과는 다르다. 이 어색하고 낯선 분위기 속에서 다음에 이을 말 내지 질문의 선택지는 무궁무진하다.

"넷플릭스보다 책 읽기를 좋아한다는 말씀이시죠?"

"어떤 장르의 책을 좋아하세요?"

"좋아하는 작가가 있으세요?"

"제가 만드는 책을 몇 권 소개해 드릴까요?"

무궁무진함이란, 맞아떨어지는 단 한 개의 답변이 없다는 궁색함의 방증이므로, 대책 없는 무궁무진함의 기운에 눌려 내가 뱉어 내는 사교적인 대답은 대개

"와, 정말요?"

"오!"

같은 외마디의 감탄사인데, 그럴 때 책과 책 읽는 사람과 책 만드는 사람의 부담스러운 구체성 앞에서 절망하고 만다. 책을 두 손에 든, 무릎에 올려 둔, 책 읽는 사람이 있는 풍경이 그리워지는 순간이다.

좋아요、 친구、 팔로워는 공명의 토대를 이루
지 못한다。 이것들은 자아의 반향을 강화할
따름이다。

한병철 지음, 전대호 옮김, 『리추얼의 종말』
(김영사, 2021)

비교적 큰 조직에 다니던 내게 SNS란 프라이빗한 공간이었다. 물론 출판사의 공식 계정을 가끔 맡아 관리하는 때가 있었지만, 거기서 나는 나이기보다는 브랜드를 의인화한 어떤 상징에 해당했다. 좋아요와 팔로워 수가 늘면 기뻤지만 적거나 줄었다고 해서 실의에 빠지는 일은 없었다.

작은 출판사를 운영하다 보니 이곳의 계정은 내 개입이 그 어떤 온라인 공간보다 활발하고 에너지 집약적이다. 좋아요를 눌러 주는 사람들은 이사 와서 떡을 돌려 준 이웃만큼이나 고맙고, 팔로워 수가 늘면 잘은 모르지만 잘 가고 있다는 이정표를 마주한 것 같이 든든해진다. 하루는 이 계정을 해킹당했고, 열심히 지어 놓은 집이 사라진 비버 신세가 되었다. 온라인상 부동산은 흔적 없이 사라졌다. 그때 나를 위로한답시고 한 친구는 정주영 회장의 일화를 들려주었다. 1940년 북아현동에 세운 현차의 전신인 아도서비스가 창업 25일 만에 전소되는 사건이 일어났는데, 이때 원인을 제공한 직원에게 화를 내지도, 크게 좌절하지도 않고, 더욱더 사업에 매진했다는 이야기였다.

좋아요와 팔로워는 숫자다. 이건 증명이다. 하지만 곧 이룰 것이 반영되지 않은, 업데이트 전의 숫자다. 좋아요를 누르기 전의 손가락, 팔로우 버튼을 찾기 전의 눈동자, 댓글로 기록되지 않은 열정을 상상해야 하는 건 그래서다.

새에겐 새집이、 거미에겐 거미집이、 인간에겐
우정이。

윌리엄 블레이크, 「지옥의 격언」

092

의심의 여지 없는 단편소설의 귀재 모파상. 그의 대표작이 「목걸이」나 「비곗덩어리」임을 알지만, 내가 첫째로 꼽는 것은 「두 친구」다. 잘 벼려 낸 관찰의 시선, 해학보다는 풍자, 자연주의라는 건조한 수식들이 그를 따르지만, 그가 그리는 인간애, 그러니까 우정이 참 따사롭다. 보불전쟁의 하수상한 시국을 배경으로 두 낚시광을 그린 「두 친구」의 봄날 아침은, 금방이라도 인류애를 잃을 것 같을 때 내가 긴급히 주문하는 심상이다.

편집자는 갓 나온 단행본을 언론과 서점에 소개할 때 보도자료를 동봉한다. 편집의 가장 마지막 단계에 해당하는 보도자료 작성을 아직도 즐기는 수준이 되지 못했다. 회사를 다닐 때는 최후의 최후까지 미루다가 입고일 직전에 완성했고, 회사를 직접 운영하는 지금은 이 문서가 잘 안 써져서 입고일을 늦추는 경우마저 왕왕 있다. 보도자료에는 책표지와 도판 이미지들, 제목과 저·역자 소개글, ISBN 같은 서지정보, 그리고 편집자가 가려 뽑은 해당 책의 명문과 책을 설명 및 영업하는 장문의 글이 들어간다. 이 글에 소제목이 붙을 때도 있고, 자연히 이 소제목은 카피의 성격을 띠기 마련이라 뒤표지에 들어가는 표문안 역할을 겸하는 일이 많다. 모파상의 단편집을 소개할 때 적은 문안이 "무른 인간과 질긴 인간애, 생의 단면으로 그 전면을 묘파하는 눈부신 단편들"이었는데, 어느샌가 '무른 인간과 질긴 인간애'는 내가 타인을, 사회를 이해하는 창으로 자리 잡았다. 대인 갈등 앞에서나 스스로가 무력하게 생각될 때면 되뇐다. 물러 터진 인간이기 때문에 좌절할 수 있다, 속 좁게 굴 수 있다, 다만 질긴 인간애로 그런 인간을 포기하지 않을 수 있다, 이 애정을 뒷배 삼아 포기되지 않은 사람은 성장한다고.

파라텍스트는 텍스트에 부가된 부속물로 판형、장정、종이、글씨체、자간、행간、표지、표제지 등의 물리적 장치를 포함하여 제목、서발문、목차 등과 같이 책의 내부에 존재하면서 본문 텍스트와 직접적인 관계에 있는 페리텍스트와 책에 대한 논평이나 일기、책광고 등과 같이 책의 외부에 있으면서 간접적으로 관련된 에피텍스트로 구성된다。

부유섭 지음, 「옛 책의 파라텍스트」(한국고전번역원) itkc.or.kr/

093

문학비평가인 제라르 주네트는 루이스 보르헤스의 "서문은 본문으로 들어갈지 들어가지 않을지를 결정하게 되는 대기실"이라는 은유에서 '문턱'이란 개념을 정립했다. 우리말로도 문턱은 어떤 일이 시작되거나 이루어질 무렵을 은유한다. 주네트는 서문을 비롯한 본문 외 모든 것, 이를테면 제목, 저자명, 각주, 띠지 등 다양한 텍스트를 문턱의 개념에 넣었고, 오늘날 그림책 작가들과 아트북 제작자들은 책의 물성과 편집이나 연출 방식 등을 이야기할 때 파라텍스트란 말을 빼놓지 않는다.

독립출판을 시작하면서 굉장히 빠르게 깨달은 사실이 있다. 오프라인 서점에 유료 광고를 집행하지 않거나 엄청난 기세로 베스트셀러의 위치에 오르지 않는 이상, 책은 넓적한 표지를 드러내며 대자로 누워 있기보다는 얄궂은 책등만 드러내며 책장에 꽂혀 찡기기 일쑤라는 것. 그래서 광고 성격이 짙은 띠지를 만들거나 앞표지 뒤표지에 유명인 및 유력지의 추천사를 삽입하거나 스포일러가 되지 않는 선에서 맛보기 텍스트를 넣는 일은 우리의 책에는 그다지 효과적이지 않으며, 그러므로 의무처럼 수행하지 않아도 된다는 것.

그래서 나는 앞표지에 제목과 저자, 출판사 이름, 그 어떤 것도 넣지 않을 때가 많다. 환영이라는 말도 브레이크 타임이란 말도 영업 요일이나 영업시간도 적어 두지 않은 문을, 그럼에도 열고 문턱을 넘어오는 호기심 강한 독자를 만나면, 나 역시 그의 문턱을 성큼 지나게 되는 것이 당연하다.

사랑하는 사람에 대해 생각해 보자. 사랑하는 것은 그의 영혼일까 혹은 영혼을 포함하는 그 사람의 총체일까. 웃을 때 보이는 덧니, 보조개, 뭉툭한 손, 조심스러운 몸짓, 상냥한 말투, 자주 쓰는 이모티콘, 나를 부르기 전에 목소리를 가다듬는 버릇. 이 모든 것이 없는 그 사람을 상상할 수 있을까.

김용관, 2021년 5월 19일 메일에서

작년 늦은 봄, 홍대에 있는 갤러리 '전시공간'에서 메일 한 통을 받았다. '텍스트 아웃라인'이라는 제목으로 파라텍스트를 소개하는 전시를 기획했으니 참여해 주었으면 한다는 제안이었다. 발송인이 건너 아는 분이기도 했고, 다방면에서 활동하고 있는 시각예술가이자 기획자여서 황송한 마음으로 수락의 뜻을 회신드렸다. 문제는 그때부터……

우리에게 있어서 파라텍스트가 무엇인지 고민하고 합의하느라 나와 동료는 며칠을 수다 이상의 논쟁으로 소비하고 언성 높이기를 마다하지 않았다. 한 출판사의 책들을 소개하고, 이 출판사를 둘러싼 여러 가지 텍스트를 소개하는 전시 취지까지는 이해했는데, 보조적인 것을 규명하자니 우리의 텍스트(본질)가 무엇인지 먼저 알아야 했다. 결국 이 전시는 독특한 출판을 실험해 보자던 장난스러운 마음부터 물리적 공간을 떠안고 본격적인 사업가 마인드를 다지던 시점의 포부까지 수년간의 짧은 역사와 나름의 비전을 되짚는 계기가 됐다.

거기다 텍스트 아웃라인전戰에서 우리는 엄청난 전리품을 얻었다. 팽팽히 각을 세우고 언성을 높일 때마다 하나의 효과적인 화해 모멘텀 트리거를 꺼낼 수 있게 된 거다. 상대를 보며 우리는 말한다.

"지금 여기 사랑하는 사람이 있다고 생각해 보자. 사랑하는 것은……"

알지 못하는 버섯을 발견할 때마다 조금씩 떼어 내 입에 넣었다. 침으로 적시고、 혀로 입천장을 문질러 맛을 보고 삼켰다. 그리고 나는 결코 죽지 않았다.

올가 토카르추크 지음, 이옥진 옮김, 『낮의 집, 밤의 집』
(민음사, 2020), 349쪽

095

만화가 한 사람이 자신의 희귀병과 병원 경험에 관한 소회를 올린 걸 보았다. 장편으로 발전시킬 계획이 있다면 함께해 보자고 권해서 『병원탐험기』라는 책이 나오게 됐다. 이 만화의 주인공은 자신을 찾아온 병의 정체를 알기 위해 데드라인 없이 병원을 누비는 탐험가다. 탐험이란 말이 무색하게 비틀비틀 아슬아슬 일색이다. 나의 몸을 도착지로 삼은 이 도정에서 경유하게 되는 것은 나의 가족이라, 식구들도 함께 각종 검사를 받아야 하며 친인척과 조상들의 가족력까지 소환된다.

몸은 참 대단하다. 보기보다 약하고 보잘것없는 데다가 껍데기 주제에 정신을 지배하니 신체 앞의 정신이란 무력하기 짝이 없고, 날마다 해마다 나는 내 몸의 출중함에 압도된다. 작은 서울에 갇힌 내가, 그보다 더 작은 몸에 갇혀 있는 형국이다. 그래도 작가가 그린 앓는 주인공 성격이 참 경쾌해서, 몸의 중압감 앞에서 웃을 수 있다. 가족을 찾고 적성을 찾고 꿈을 찾는 주인공을 보니, 탐험이란 말은 유색했다.

이 책을 편집하는 중간중간, 엄마와 아빠가 보고 싶어졌다. 약해져서이든 강해져서이든 '이게 나구나' 싶은 순간과 닿는다는 건, 그런 걸 이야기로 촉진한다는 건 멋진 일이다. 나 자신이 그리 크지 않고 다르지 않고 무른 존재라고 안심하게 해 주는 모든 콘텐츠를 좋아하지만, 그중에서도 오래도록 좋아하는 건 역시 누굴 그립게 만드는 것들이다.

여긴 네가 찾을 수 있는 최고의 집이란다。

프랑수아즈 사강 지음, 『마음의 심연』
(민음사, 2021), 240쪽

내가 운영하는 출판사의 이름은 쪽프레스다. 책은 한자로 冊이라고 쓰고 국어원에서는 "일정한 목적에 맞추어 감정, 지식 따위를 적거나 인쇄하여 묶어 놓은 것"이라고 설명한다. 여러 겹을 겹쳐 놓은 묵직한 모양을 물리적으로 탈피하되, 감정과 지식을 완결성 있게 엮는다는 정성적인 정의를 보존함으로써 기존과 같고도 다른 책을 만들어 보고 싶었다. 한 장의 포스터나 아코디언식으로 접힌 리플릿 같은 형태의 작고 가벼운 책을 소개하며, "한 쪽도 책이 될 수 있다"고 말한 것이 쪽프레스의 시작이다.

처음에는 내가 이름을 지었지만, 언젠가부터는 이름이 나를 짓는다. '쪽'이라는 한 글자 낱말로 오래 불리고 부르다 보니, '쪽'에 대한 공상을 습관처럼 하곤 한다. 내가 다루는 건 손에 잡히지 않고 눈에 보이지 않는 이야기나 감정이 아니고, 꼭 이런 방식으로 감각되는 직육면체 물건이다. 전자가 중요했다면 영화를 만들거나 노래를 만들었을 텐데, 내가 매일 하는 고민은 종이와 그것의 무게에 관한 것이기 때문이다.

한 권의 책을 읽고 있다고 할 때 우리는 책을 늘 펼쳐진 쪽으로 만난다. 하나였다가 쪼개지고 펼쳐진 어떤 면적이, 내가 마주하는 것이 되고 맞서는 것이 되고 향하는 것이 된다. 그러니 '쪽'만큼 나의 행로를 밝혀 주는 말도 없지 않을까.

집에 오는 길에 가구점이 하나 있다. 유리문에 붙은 전화번호가 눈길을 끈다. 가로로 누운 A4 용지에 숫자 11개와 대시 2개、 총 13개 문자를 세 줄로 나눠 썼다. 둘째 줄은 첫째 줄보다 들여 썼고、 셋째 줄은 둘째 줄보다 들여 썼다. 왼쪽 상단과 오른쪽 하단이 튀어나온 평행사변형 모양이다. 상하좌우 같은 크기의 여백을 주는 것도 잊지 않았다. 나는 이 전화번호 안내 싸인을 만든 사람이 디자이너라고 생각하지 않을 수 없다.

황지은·이성민 지음, 『은유 수업』
(정동규 편집, 텍스트프레스, 2021), 47쪽

국문학을 전공하고 문예창작 같은 수업도 꽤 들었지만, 신춘문예에 응시하거나 문학가가 되어야겠다는 포부를 가져 보지 못했다. 등단登壇이라는 단어는 언제 봐도 참 무겁게 생겼다. 등단 전에 쓴 글이나 생각을 아마추어적인 것으로, 즉 '정식' 아닌 것으로 취급하는 데 대한 반발도 있다. 등단하지 않은 사람들의 그 사람다운 재미와 매력을 높이 사는 개인적인 버릇도 있다. 맛있다, 맛없다 정도로 빈약한 표현을 뱉어 내더라도 음식을 식기 전에 맛보고 삼키는 '먹는 사람'으로 남고 싶다는 이기심도 있다.

문인보다 비문인 에세이스트의 편집자를 자처한 것은 이러한 성격 종합의 발로인지도 모르겠다. 문인이 쓴 소박한 글은 '문필가이기 전에 꾸밈없는 한 사람이구나'라는 편안한 애정을 느낄 수 있어서 좋다. 그러나 글쓰기가 생업이 아닌 직업인이 쓴 자유롭고도 개인성 충만한 글은 '지휘자구나, 이 사람은 자기 삶과 자기 주변을 지휘하며 형성한 꼭 자기다운 분위기라는 것을 일구어 냈구나'라는 경탄을 이끌어 낸다. 근사한 삶이 따로 있는 게 아니라 삶 각각이 태생부터 이미 완전하다는 깨달음이 따른다.

발췌한 문장을 쓴 디자이너는 저 문장 뒤로 "A4 용지는 한눈에 들어오고, 다루어야 할 것은 13개 문자밖에 없으니 어려운 일은 아니었겠지만 누구나 할 수 있는 일은 아니다"라고 썼다. 어려운 일은 아니지만 누구나 할 수 있지 않은 일, 그 일을 '하는' 사람만이 쓸 수 있는 문장이다.

교수님、 "나 때는 말이야"를 요즘은 "라떼 이즈 홀스"라고 말해요。

국민대학교 글쓰기 수업 중 한 학생의 말에서

098

첫 번째 회사와 세 번째 회사를 함께 다닌 인연 깊은 동료가 있다. 첫 번째 회사는 자수성가한 카리스마 강한 사장님과 두 자릿수 직원들이 있는 곳으로, 공공의 강자(적이라고 할 필요는 없다)가 있는 덕분인지, 사람들 간에 유순하고 평화로운 분위기가 흘렀다. 사장님과만 잘 지낼 수 있다면 그 밖의 어려움은 걱정하지 않아도 되었다. 그러나 그 한 분이 버거워진 나는 11개월 차에 새 터전을 찾아 길을 떠났다.

세 번째 회사는 유구한 역사, 그리고 설립자가 실무를 보지 않는 세 자릿수 직원들이 함께하는 공간이었다. 전혀 다른 공간에, 오래 알고 지낸 사람이 여전히 존재한다는 사실은 동료애라는 간편한 말로 담기 힘든 것이었다. 세 번째 회사에서는 복도에서 크게 웃기만 해도 얼굴이 알려졌다. 모두가 출근하고 있어도 택배기사님이 "아무도 안 계신가요? 아무도 없나 보네" 하며 돌아서 나가는, 고요한 도서관 같은 곳이었기에. 그곳에는 오랜 기간 쌓아 올려진 공고한 체계가 있었고, 그것을 습득하는 데 품이 들었다. 습득하고 나면 안정감이 주어졌다. 이때 처음 텃세貰라는 것이, 세貰를 매길 만한 터라는 뜻임을 알았다.

여기서 몇 해를 보내는 중에, 한 동료가 말했다. "이제 곧 네 커리어의 정점이 올 것 같아." 진지하게 듣지 않았지만, 몇 차례의 팀 이동과 개편을 거치며 정말 그런 위기이자 기회가 생겼고, 총서를 기획하고 브랜딩하는 주도적인 경험을 쌓는 순간이 찾아왔다. 이 얘기는 결국 '나 때'라는 것은 어느 나에게나 있다고 말하고 싶어서 꺼낸 것이다. 경력이 부족하고 겁이 나서 '나 때'가 아직이라던 시절, 어쩐지 귀찮고 흥이 나지 않아 모르겠어서 '나 때'를 지난 듯한 시점이 있듯.

정말 좋아했던 친구를 나중에 되게 싫어하게 되었거든요. 그 친구를 싫어하는 마음이 크고 잊히지가 않아서, 그 친구의 좋은 점과 저의 싫은 점을 섞어서 만든 가상의 캐릭터를 주인공으로 삼았어요.

인터뷰이 황벼리, 인터뷰어 김미래, 『릿터』 22호
(민음사, 2020), 105쪽

"나는……"으로 시작하는 허구가 있다는 것을 학교에서 처음 배웠을 때 크게 놀랐다. 아마도 정식으로 배우기 전의 많은 어린이들이 "나는……"으로 시작하는 글은 모두 자기고백이라고 오독한다는 것을 안다면, 해당 작품의 글쓴이들이 더 크게 놀랄 것이다.

"나는……"으로 시작하는 공들인 거짓말은 헤드셋을 낀 내게만 닿듯 배타적인 친밀감을 안긴다. 그래서 얼토당토않은 이야기, 지독히 뻔뻔한 변명, 헐거운 속임수일지라도 매번 기꺼이 속는다.

나로 시작하는 거짓말 중에는 나 아닌 부분을 찾기가 더 힘든 장르가 있는데, 그게 바로 "나는……"으로 시작하는 그래픽노블이다. 대지에 직접 쓴 탓에 손의 압력이 오롯이 필체에 묻어 나오고, 전문적인 문장가의 유려한 수사 따윈 모조리 추방한 듯한 소위 자전적인 만화책을 좀처럼 외면하지 못하겠다. 본인의 개인성을 칸이라는 단 한 개의 규칙에 욱여넣어 꾹꾹 눌러 쓴 만화가를, 실제로 만나서 밀린 대화가 있는 마냥 실컷 수다를 떨고 웃고 싶다, 그런 다음에는 둘도 없는 친구가 되고 싶다. 이것은 나 같은 만화 독자의 뻔한 염원이다.

길은 숲 속에서 반시간 정도 이어지고 있었다. 나는 천천히 걸어야만 했다. 이 길까지는 달빛이 거의 닿지 않았기 때문이었다. 올빼미 울음소리가 들렸다. 그 울음소리는 다른 동물들의 소리처럼 불쾌하지는 않았다. 나는 조심조심 걸었다. 달리 방법이 없었다. 알 수 없는 무엇인가가 나를 그렇게 만들고 있었다. 숲 속에서 나오니 서서히 날이 밝기 시작했다.

마를렌 하우스호퍼 지음, 전광자 옮김, 『벽』
(김미래 편집, goat, 2020), 78쪽

교정을 보다가 속도를 늦추었다. 편집자의 일은 절반 이상이 글을 고치는 것인데, 절반 이상이 경험상 띄어쓰기에 해당한다. 글을 쓸 때, 우리는 어떤 말은 앞말과 띄어 쓰고 어떤 말은 앞말과 붙여 쓰기로 한 규칙 아래 놓인다. 그리고 띄어 쓰는 일은 띄어 쓰여 있다가도 하나의 일로 규정될 때 '띄어쓰기'라고 붙여 지내라는 명을 받는다. 일련의 말들을 붙이고 쓰는 것이, 띄고 쓰는 것이, 누군가의 일과이자 직업이 될 때, 이 행위는 떨어질 수 없는 하나의 낱말이 된다. 내가 놀이로서 글을 쓸 때 나는 낱말을 붙여 쓰기도 띄어 쓰기도 하겠지만, 직업으로서 할 때는 '붙여쓰기'와 '띄어쓰기'를 틀림없이 해내는 게 좋을 것이다. 나는 사전을 몇 차례 뒤져서 '숲 속'은 붙였고, '반시간'은 띄었으며, '울음소리'는 그대로 놔두었고, '조심 조심'을 붙였다.

숲속은 붙여 쓴다. 떨어져 있던 '숲'과 '속'을 붙여 놓자, 숲의 안쪽이라는 공간이 전보다 고유하게 느껴지며, 숲의 표면은 특정한 초록으로 칠해졌고, 그 안쪽 역시 특정한 짙은 초록이 가득 메웠다. 그 숲의 어둑한 안쪽 공간, 아무도 숨긴 적 없지만 이미 숨어 있는 그 비밀스러운 공간에서, 개별적인 이야기가 이제 막 탄생할 것만 같다는 기대감이 인다.

숲속은 붙여 쓴다. 따로 뜻이 있는 한 글자 단어 둘이 묶여서 오도 가도 못할 때의 둘 사이의 난처함이 좋다. '숲'과 '속'의 단순한 결합이 아니므로 이제는 '숲속'을 생소하게 느끼고 새롭게 배우라는 듯한, 하나의 낱말이 된 그들의 기세가 좋다. '숲'에 있어서는 '속'이, '속'에 있어서는 '숲'이 쉽게 대체되지 않는 짝으로서 굳건할 때, 그들의 자리가 제자리라고 믿어질 때, 나는 사전 편 보람을 기분 좋게 음미한다. 모든 걱정이 떨어져 나간다.

편집자의 말

고유하게 사고하고 일하기 위하여

저는 편집자라는 존재에 관해 환상과 오해를 품고 편집자가 된 사람입니다.

그저 책에 파고들기 좋아했던 저는 누군가의 '그림자'가 될 수 있을지도 모른다는 생각으로 편집자가 되었거든요. 잘 짜여진 하나의 질서에 편입해서 책이라는 멋진 결과물을 뽑아내기만 하면 되는 줄 알았습니다. 편집이라는 과정이 그렇게나 많은 단어 사이를 떠돌고, 여러 사람과 의견을 나누며, 정답 없는 길을 헤매야 하는 카오스 그 자체라는 것은 모르고요.

출판은 살아 숨 쉬는 생명체 같습니다. 결코 한 곳에 안주하는 법이 없는 이 생명체와 함께하려면 저 역시 그림자로만 지낼 수는 없다는 사실을 금방 알아차렸습니다. '편집'이라는, 정답과 영역 없는 업무를 하기 위해서는 어떤 일이든 부딪쳐 봐야 조금이나마 그 깊이를 알아챌 수 있다는 것을요. 이제는 열 손가락과 열 발가락으로도 세기 어려울 정도로 꽤나 책을 만들었음에도 여전히 편집이라는 업무는 무에서 유를 창조하는 마법 같은 일로 여겨지지만요.

『편집의 말들』에는 여느 편집자들은 아직 가 보지 못한 다채로운 길을 먼저 탐험해 본 김미래 편집자의 이야기가 담겨 있습니다. 스스로를 "합해지고 뒤엉키며 섞이고 서로 영향을 주는 멀티플렉스" 편집자라고 부르는 김미래 편집자는 편집이라는 키워드로 할 수 있는 일이라면 뭐든 해 보는 자유로운 사람입니다. 민음사에서 문고판 총서 '쏜살'을 기획해 선보였으나 본인만의 색깔을 드러내는 데는 한계가 있다고 판단해 퇴사한 후 몇몇 동료와 함께 '쪽프레스'라는 독립 출판사를 시작해 대표 편집자로 일하고 있습니다. 새로운 형태의 책을 구상하다가 '쪽'이라는 개념은 책이 될 수 없을까 하는 호기심으로 몇 개의 쪽이 이어진 '한쪽책(아코디언북)'을 기획, 출간했고요. 2015년부터 시작한 쪽프레스는 2018년 GOAT(고트)라는 단행본 브랜드도 성장시켜 잘 알려지지 않은 이야기 콘텐츠를 출간하고 있습니다. 이뿐만 아니라 프리랜스 에디터로도 일하며 여러 원고를 교정·교열 하고 글쓰기와 출판 브랜딩 등에 관해 강연도 합니다. 이렇게 여러 곳에서 여러 가지 편집 업무를 하는 한 개성 넘치는 편집자는 어떤 가치관과 감수성의 소유자일까요? 이 책은 정해진 틀을 벗어나 자유롭게 사고하는 김미래 편집자의 일상을 펼쳐 보입니다.

김미래 편집자는 책을, 그리고 편집을 사랑하는 방법은 여러 가지일 수 있음을 몸소 보여 줍니다. 편집자는 그저 그림자로서 작가와 글자 뒤에 숨어 있는 사람이 아님을 자신의 존재로 증명하고 있는 것 같습니다. 김미래 편집자는 이 책을 집어들 독자에게 이렇게 말해 주는 듯합니다. 편집이라는 건 그렇게 좁은 개

넘이 아니라고, 스스로를 왜소한 틀에 가두지 말라고, 더 다양한 문으로 들어가 보자고요. 김미래 편집자의 모험하고 도전하는 정신은 자신의 개성을 지니고 자기만의 길을 열고자 하는 분들에게 큰 영감을 줄 것입니다.

편집의 말들
미지의 길을 개척하는 편집자의 모험

2023년 12월 4일   초판 1쇄 발행

지은이
김미래

펴낸이	펴낸곳	등록
조성웅	도서출판 유유	제406-2010-000032호(2010년 4월 2일)

주소
경기도 파주시 돌곶이길 180-38, 2층 (우편번호 10881)

전화	팩스	홈페이지	전자우편
031-946-6869	0303-3444-4645	uupress.co.kr	uupress@gmail.com

	페이스북	트위터	인스타그램
	facebook.com /uupress	twitter.com /uu_press	instagram.com /uupress

편집	디자인	조판	마케팅
김은우, 송연승	이기준	한향림	전민영

제작	인쇄	제책	물류
제이오	(주)민언프린텍	다온바인텍	책과일터

ISBN 979-11-6770-077-3 03810